U0491039

i
imaginist

想象另一种可能

理想国
imaginist

如果你爱上了藏獒就不能指望他像鸡一样给你下蛋

陈彤（春日迟迟）著

广西师范大学出版社

嫁给一个一穷二白的男人并不可怕，可怕的是你不是红拂，但是却夜奔了李靖，那样对你自己是灾难，对这个男人也是灾难。

没有只涨不落的股市,
就如同没有一帆风顺的婚姻。

目 录

上篇 / 爱之浮世绘

- 3　婚姻与股市
- 6　天敌之恋
- 9　模范家庭
- 12　等爱
- 14　一个女人一生需要多少男人
- 16　刀与鞘
- 18　原来男人与男人之间，还可以这样比
- 21　完美女性
- 24　蜀道难
- 26　感动与打动
- 31　圈养动物与野生动物
- 34　如果人生如戏
- 37　执子之手
- 40　亲啊，你咋那么单纯呢？
- 43　有些问题永远不必问
- 46　蜡烛与珠宝
- 49　那些男人"罪恶"的择偶观
- 52　男人回归家庭这件事
- 55　女人和床

58	如果伤不起，能不能不折腾？
60	如果你爱上了藏獒，就不能指望他像鸡一样给你下蛋
65	"媳妇观"
69	如厕与出轨
72	原来男人喜欢这样的女人啊
75	一次别离
78	着落
81	有些男人就是毒品
85	一个"的哥"的爱情观
88	真爱与提纯
91	花的心藏在蕊中
94	姑娘为啥爱"大叔"
100	新玩偶之家
103	那些外遇者教我的事
108	男人的捷径
111	失恋要趁早
114	恋爱试用期
118	感情的信用额度
121	你们全家都是好人！
123	良药如良妻
126	云端上的爱情提问
133	写给所有关心"第一次"的女生
136	我愿意
141	假如你是穷且不美的女孩子
144	珠圆玉润 VS 人老珠黄

148 婚约和契约
152 成家还是玩玩
155 爱情蚂蚁
161 如果生活是一面破碎的镜子

下篇 / 人生需有勇气

179 人生无法躲避的三件事
181 贫贱夫妻百事哀
188 记忆中的男老师
191 火腿蛋的故事
193 过渡时期的父亲
200 我的母亲
204 好日子的理想含量
207 要很耐烦地活着
209 我家阿姨不明白的事
212 高考和命运
215 人生的意义
218 北京最适合哪种女人？
220 成功的人生至少需要一张跳板
229 惊人的容貌与惊人的才华
234 丰富与平淡
237 隐痛

240 千里之外
243 十年
245 一定要和赏识你的人合作
250 不合群算多大的缺点
254 曾经有一份好日子摆在我面前
258 前卫艺术家的书房
262 有些美景注定不属于你
267 一颗拼女心
269 悔恨
276 人家屋檐下
279 什么生活值得我们去过？

· 上篇 ·

爱之浮世绘

婚姻与股市

婚姻和股市很像——其中有激情、有起伏、有快乐，也有伤害、痛苦和悔恨，有付出和回报，也有竹篮打水一场空。股市中最大的风险莫过于"血本无归"，这在婚姻中，叫"人财两空"。

股神巴菲特曾经说过一句著名的话，如果一款股票，你不打算持有十年以上，那么你就一分钟都不要持有它。婚姻也一样。如果两个人根本没有共度余生的想法，那就不要结婚，有什么必要去领那张纸呢？就为了在一起，互相指责谩骂哭泣流泪然后分道扬镳？当然，假如你说，我不求天长地久，只求这一刻的开心，那么你说的是另一个问题——你就像那些在股市中进进出出做短线的散户一样，哪怕就是垃圾股，只要它涨得快，你也会赌一把，你的心思是反正我明天就抛了，只要能赚钱就好。呵呵，我不能说你有什么错，但你去打听打听，是不是赔钱的，多数就是这样的散户？有的壮士断腕忍痛割肉，从此退出股市，像孑然一身的独身主义者一样，不玩了！有的被迫长期持有，像那些在不快乐的婚姻中挣扎的人，想摆脱又舍不得，可套着又痛苦，只好选择忘却；还有的不停地换股，一次次割肉一次次换股，换来换去，希望失望，他们中的人除非有一天顿悟，否则换去吧，永远没有合适的。

我常常想，为什么两个本来相爱的人，走入婚姻，经过岁月的历练，有的情深似海，而有的却反目为仇？现在，我想我找到了答案——这就像两个人到股市买股票，为什么有的人在几十年后赚得钵满盆满，而有的却伤痕累累两手空空？那些坚持不下去的婚姻，固然存在一种可能，那就是那桩婚姻本来就是垃圾股，不过是牛市的垃圾股，所以开始的时候轰轰烈烈，但不久就一落千丈。可，难道选择了绩优股就一定赚钱吗？不一定的。

没有只涨不落的股市，就如同没有一帆风顺的婚姻——所有的婚姻，都是要有所经历的，那些在牛市中的幸福，也是幸福，但只有经历了熊市的考验，那才称得上是真的幸福。否则一桩婚姻，只有在富有、健康、顺境的时候，才宝马轻裘欢乐今宵，而一旦贫穷了、疾病了、困境了，就分崩离析劳燕分飞，那能叫幸福的婚姻吗？

我一直认为，维持婚姻幸福要比在股市中赚到钱难度更大——首先要投入本金，没有本金，一切免谈，股市的规矩就是这样，这和婚姻差不多，只不过在婚姻中，这个本金可以不是钱，而是你的才华容貌出身门第社会地位以及种种美德，比如善良温柔周到体贴等等，你不必一一具备，但好歹得有那么一点，当然多多益善。本金是这样一种东西，你的本金越大，那么你的盈亏也越大。这和婚姻的道理也一样，这就是为什么有所谓的"好汉无好妻"，杜十娘有一箱子珠宝外加才貌双全还投了河，因为，缺乏眼光。你得挑准一只值得你长期持有的股票，否则，投入的本金越大，赔得越惨。但即使你既本金雄厚又眼光独到，还选中了一只你喜欢且有前途又未来涨势喜人的股票，你以为从此就可以一劳永逸分享世界经济高速发展的成果了吗？不，你还得有耐心，有毅力，在运气不好赶上熊市的时候，你还需要实力，否则即使你手里的那只股票下个月就会翻倍，但这个月你已经山穷水尽，债台高筑，你靠什么去"长期持有"呢？"持有"也是要凭本事的。

　　如果一个股民以为只要进了股市，兜里有钱，就能满地捡金子，我们一定会说他天真，但是当一对新人走入婚姻，以为只要有爱，就可以幸福一生，却没有人告诫他们——"股市有风险，投资需谨慎"，这话同样适用于婚姻——只不过在股市中，我们投入的是真金白银，而在婚姻中，我们投入的是真情实感。在股市中，如果赔了，我们赔的是钱，而在婚姻中，如果输了，我们输掉的却不止是感情，还有很多人就此赔进整个人生。可，我们中有多少人，能像对待手中的股票一样对待我们的婚姻？我们花多少时间研究我们所买的股票？可是我们花多少时间去了解我们所爱的人？当股市低迷的时候，我们中有多少人肯果断补仓勇敢买进，但是当婚姻平淡的时候，我们又有多少人在干着割肉的蠢事？

天敌之恋

女友给我讲她的宠物，猫和仓鼠。

女友说：猫对仓鼠可好了，经常跟仓鼠一起散步，中午的时候，还让仓鼠爬到自己背上，一起晒太阳。

我说不可能。猫和鼠不是天敌吗？

女友给我展示了照片，事实胜于雄辩，我没话可说了。

仓鼠寿命短，一般只能活三年，所以女友的小仓鼠先猫而去，据女友说，她的猫伤心了好久。所以，猫哭耗子也不是假慈悲，也有真的。

女友是在饭桌上说的这个故事，当时一位男士问：你们女人是不是都想做那只仓鼠？弱小，惹人怜爱，得到比自己强大很多的猫的保护、照顾、爱，从而让自己的同类羡慕、嫉妒、恨？

女友立刻还击：做仓鼠有什么好？我们家的猫之所以喜欢仓鼠，是因为它是一只孤独的猫，它生活在一个封闭的环境，家里除了我，就没有其他的活物，而我只能给它吃喝，并不能给它陪伴，因为我很忙——所以，它喜欢仓鼠！仓鼠弱小，对它没有威胁，依恋它，仰仗它，且因为有猫做伴侣，所以在鼠的世界，不仅没有鼠敢欺负它,大家甚至要谈论它,羡慕它,看,人家是怎么搞定一只猫的!

呵呵。我们全都笑了——原本势不两立的物种,世世代代的深仇,竟然就荡然无存了——它们是因为爱还是因为缺乏爱?

这就有点像有一类婚姻了。很多人结婚并不是因为爱,而是因为不喜欢孤独,于是猫喜欢了仓鼠,而仓鼠也爱上了猫。猫和仓鼠都没有太多的选择,所以他们相亲相爱。这就像很多刚毕业的女学生,为什么会喜欢上跟自己父亲岁数差不多的男人。因为她们是小仓鼠,而那些男人,是她们世界里的猫。

我一女友,职业体面,收入稳定,有车有房,硬是找不到合适的对象,而她办公室的实习妹,一外地到北京闯荡的女孩子,样貌平凡,也没看出有什么特别之处,很快有了男朋友,看她幸福甜蜜的样子,以为找了什么样的白马王子。后来见到了,居然是一个快要谢顶的老男人,也不是很有钱,不过是有套旧房子,有辆老捷达,老男人对她的好,就是开车接她上班下班——她问学妹,他没工作吗?学妹说有啊,但不是那么忙。于是她知道他一定不那么成功,否则不可能有那么多时间花在她身上。她问学妹:你那么年轻,班儿对班儿地找一个不好吗?学妹说,班儿对班儿的男人,对我不够好。

于是,我的女友不胜感慨,感慨过后,搞了一场姐弟恋——她的恋人不如她成功不如她优秀不如她赚钱多,普普通通,依照她原先的标准，是断然 PASS 的，但现在她每天把甜蜜挂在脸上，逢人就说：他对我好。

怎样好呢？给她买菜做饭陪她逛街看电影……她说，其实我只是需要一个对我好的男人，为什么非要比我优秀呢？是啊，对于猫来说，为什么非要和一个会逮耗子的猫在一起呢？已经有的是猫粮了！而对于仓鼠来说，为什么非得跟仓鼠一起才幸福呢？既然有猫愿意照顾自己。

呵呵，感情真是一件难以说清的事情啊——猫和仓鼠之间的感情是真的吗？还是特定的环境特定的际遇特定的猫遇到特定的仓鼠？总之，我见到太多的仓鼠期待猫的垂青，而太多的猫，不肯与同类相处，宁肯和仓鼠游戏。

模范家庭

她三十三岁，离异。他四十五岁，单身。很多人猜测他的性取向。他事业有成，经常在世界各地飞来飞去。他想找个女人结婚成家，但前提是第一：婚前财产公证；第二：必须生孩子；第三：他依然有权过自己的生活，她不能干涉。

他不想谈恋爱，理由是麻烦，耽误时间，他只想找"志同道合"的人做夫妻，他说婚姻就是契约，大家同意就签约做夫妻，不同意就不要浪费时间。他请可靠的朋友为他办这件事。多数女孩子不肯，凭什么啊？给你白生一孩子，你还财产公证！更过分的是，你还有权过你的生活，我还不能干涉，那我为什么嫁你呢？图什么呢？

他对朋友说，你找那些经历过生活坎坷的女人——于是，找到她，她同意了。她也想要孩子，而且希望孩子的父亲不要给孩子丢分，他完全符合，以他的条件，"拼刺刀"不成"拼爹"还是可以的；第二，她和他都想要"婚姻"这个名分，他觉得她做自己夫人，也算带得出去，比自己小一轮，知性，受过良好的教育，她则觉得他做自己的丈夫，尽管比自己大一轮，但是相对于他的知名度财富值来说，也还是加分的；第三，双方约定，假日以及必要场合，双方都会以对方的配偶身份出现，而且保证尽秀恩爱，让众人羡慕，但平常各有各的空间。她可以享受他提供的房产豪车名牌服装首饰包手表，但不可以要求他陪伴她或尽丈夫的某项义务。

他们结婚了，有了孩子，并不住在一起，但双方都很给对方面子，会一起出席家庭聚会以及一些开幕式闭幕式还有酒会宴会。她的手上戴着他送的腕表，镶钻的；他走在她边上，手轻轻地扶着她的腰，对所有的人说他有了她好幸运，有家真好。他们是模范夫妻，羡慕死众人。

他们的婚姻让我想到一部美国电影《模范夫妻》，也叫《琼斯一家》。

镇上所有的人都羡慕突然搬来的琼斯一家，不仅因为他们富有，而且还因为他们幸福。女人羡慕琼斯太太，因为她的丈夫总是那么爱她，当众搂她抱她甚至亲吻她满是面膜的脸；男人们羡慕琼斯先生，因为他的太太不仅性感，而且经常公开和丈夫"真情流露"，仿佛一刻也无法掩饰自己对丈夫的深爱。而事实上，他们并不是一家人，他们是一个销售团队，琼斯先生和太太假扮夫妻，再找来一男一女假装儿女，组成幸福一家人，由一个售卖奢侈品的公司把他们"空降"到一个富庶小镇，住豪宅，用奢侈品，成为小镇榜样，人们争相和他们攀比，他们用的高尔夫球杆，穿的运动鞋，打的手机，看的电视，甚至使用的马桶都迅速热销，而同时，他们也毁掉了这个小镇原本的宁静，他们的邻居，幸福感越来越低，因为无论怎么努力，总是赶不上"琼斯一家"，即这组由假扮夫妻和孩子所组成的家庭。

这个电影可能有更深刻的主题，但对我来说，最大的感触则是，为共同利益而绑到一起的"样板间"家庭，其实比真实的家庭更容易显得"幸福"，这就像我们去影楼拍照片，一般都比真实的我们更好看——因为去影楼拍照片，我们可以不辞劳苦不知疲倦听从摄影师的摆布和指挥，但真实生活中，谁能永远微笑并保持最美的姿势呢？

等爱

如果一个人说爱你，但要你等他（她），你会等吗？

她和他是大学同学，毕业了她考上研究生，他回到老家。为了能和她在一起，他发奋，读书，考了好几年研究生，总算考上了，她却结婚了。她当初对他说，你等我研究生毕业我就嫁你，结果她没等他。她对他说：对不起。

除了祝福还能说什么？

他和她谈了好几年恋爱，她要去英国读书，问他能不能等她，他拒绝了。她哭得呀，梨花带雨，他差点心软，但最后还是一咬牙——莫愁前路无知己，打马扬鞭各奔前程吧。

她怪他，说他心硬，为什么连两年都不肯等？他特痛苦，但想起父亲对他说的话："儿子，春宵一刻值千金，她能放弃你跑到异国他乡读书，说明什么？说明你在她心中的位置远远没有那些东西重要，她这么年轻，她且奔呢，你等她，等到什么时候是头？男人也有青春，人这一辈子紧要关头就这么几步，你可不能把大好的青春全浪费到等一娘们儿身上！"

他于是对她说：对不起。

其实，他可以答应等她，然后，如果没有遇到合适的，那就是她了；如果她走了，又遇到合适的，那就将来再对她说对不起。但是，他不愿意，他宁肯先说对不起。

等还是不等，这是一个问题。

多年以前，齐秦有一首歌《外面的世界》——"每当夕阳西沉的时候，我总是在这里盼望你，天空中虽然飘着雨，我依然等待你的归期。"那个被等着的人，应该是幸福的吧？但那个等着的人呢？真的可以做到，"当你觉得外面的世界很精彩，我会在这里衷心地祝福你"？

亲爱的，等着我，等我将来有钱了，我一定娶你；亲爱的，等着我，等我事业稳定了，我一定跟你结婚；亲爱的，等着我，等我玩够了，想结婚生娃了，我一定嫁给你……

每次听到这样的话的时候，我都想说，又不是战乱，又不是大禹治水，有什么急事或特殊使命非得让爱你的人等呢？为什么非要等有钱了呢？如果没钱都不肯和你结婚，有钱难道会吗？事业不稳定，和结婚又有什么关系？为什么非要等事业稳定呢？还有，何必要说等玩够了呢？你什么时候算玩够？

说白了，外面的世界很精彩，而那个等在原地的，多数等着等着最后等来的就是一句"对不起"——一般来说，除非是外面的世界很无奈，他（她）才可能在万水千山走遍后，发现原来最爱的还是你。

一个女人一生需要多少男人

封建时代有一句蔑视妇女的话——"兄弟如手足,女人如衣服",意思是说兄弟情深,不可替代,而男女之间就那么回事,女人不过是男人的一件衣服,想换就换了。现在男女平等,如果女人也把男人当作衣服,女人一生需要的男人可比男人一生需要的女人多多了!就说普通一点的妇女吧,看看她们的衣柜,怎么也得有一身走亲戚穿的吧?我最近正在看一本描述富人生活的书,其中谈到好莱坞电视业大亨艾伦·史培林(Aaron Spelling)的老婆,有一个面积325平方米的衣物间。据她谦虚地表示,"里面放的都是平常随便穿的衣服"。看,如果让一个女人由着性子置办,她对衣服的需求几乎是与时俱进永无止息的!

我和一个闺中密友曾经在她家的露台上讨论过类似问题,她掰着手指头跟我数落:"得有内衣型的男人,就像好的内衣,无论你大起大落,总是包容你;还得有晚礼服型的男人,满足女人的虚荣心,出席个正式场合尊贵得体引人注目;还得有羊毛披肩真丝围巾这种温暖型男人,寂寞的时候披在身上,挡挡风寒。另外,如果有可能,总得有点珠宝翠玉钻石耳环这样的绯闻男友,没有什么实际用途，但会使人觉得你是一个浪漫有品位的女子，当然假冒伪劣珠宝除外，它们只能起到适得其反的效果；还有，平常的休闲装、职业装也不能忽略，所以你得有假日男友、办公室情人，他们懂得生活，了解你事业上的渴望，一个丰富你的假期，一个使你的办公环境更加人性化。一般来说，这两类服装缺一不可，但有的时候，也可以'二合一'，穿着品牌T恤牛仔长裤上班，或者腰间围着高档羊毛西服打高尔夫，也没有什么不可以。这叫'世事无绝对，唯有真情趣'。"

老公催我回家，他对我说："别在这儿花痴了，就你这资质的，有件衣服遮体也就不容易了，还琢磨什么呢！"

"那你认为什么样的女人才有资格花痴呢？"

"比如说中国的武则天、太平公主；英国的玛丽女王；美国的麦当娜；还有摩纳哥的大公主。"

我终于明白了，男人原来也很"势利"——就像时装一样"势利"，每一件时装都渴望着超级模特的青睐，哪怕只被穿短短的几秒，它们也乐意；而武则天、太平公主、玛丽女王、麦当娜以及摩纳哥的大公主，她们全是人生舞台的超级大模特，和她们相比，我们能在一生中有一两件真心喜爱的衣服也就该知足了。

当然，话说回来，正如我们反对"兄弟如手足，女人如衣服"一样，男人也不是"衣服"，他们怎么能是衣服呢？如果我们把他们当作衣服，我们岂不是成了"衣冠禽兽"？

刀 与 鞘

我有一个喜欢收藏的朋友约我喝酒聊天，给我讲收藏的经验。他说他很小的时候得到过一柄非常漂亮的刀，不但刀漂亮，而且刀鞘也漂亮。于是他专门制作了一个木架，像博物馆陈列展品一样，将刀和刀鞘分别摆放。这么过了几年，有一天当他想把刀试着插回刀鞘的时候，发现刀鞘已经变形，刀与鞘根本不配套了。后来他还曾在一个偶然的机会看到一把堪称古色古香的刀，确切地说，这把刀是装在刀鞘里的，露在外面的只有一个青铜的柄。他试着拔了几次，一点指望没有，完全锈住了。

我的朋友跟我说，两个人的关系就像刀和刀鞘一样，哪怕本来是天造地设的一对，但是如果长期分开，那么就像分别摆放的刀与鞘一样，时间长了，就会发生变化，最终难免劳燕分飞。如果天天黏在一起，一点多余的自由和独立的空间都不给对方，那么最后就可能完全锈死了，虽然从外面看还是有一个完整的形象，但是实际上早已经名存实亡。

那么怎么才能使一段感情地久天长呢？这就像收藏一把带鞘的刀一样，刀和刀鞘是不同的材质，如果让他们分开太久，他们就会因为湿度和环境的关系，各自按照各自的规律变化，最后导致彼此的"格格不入"；如果每时每刻都纠缠在一起，最终的生活状态一定是锈迹斑斑沉重不堪。所以正确的收藏方法是每隔一段时间就要把刀拔出来见见天日，收拾干净再及时插回刀鞘。就像男女之间的感情一样，既不能分开太久，也不能"苦瓜苦藤紧相随"得太狠。

前几天，几个朋友一起吃饭，为的是其中一个朋友即将"梅开二度"。酒过三巡菜过五味，那个要"梅开二度"的朋友忽然伤感起来，说不知道这段婚姻是否能够持久。有人劝他说："你既然这么忧心忡忡，又何必要结婚呢？"朋友说：如果不结婚，女方就会认为被"远之"而失之交臂；如果结婚，那么又可能因为"近之"，而最后两个人像白开水一样寡而无味，因为彼此过于熟悉而再也没有新鲜感神秘感以及对双方未知世界的好奇心。

我想起那个朋友给我讲过的刀和鞘的故事，于是给他学了一遍舌，他听了以后沉默半天，最后对我说："我就担心她是一个剑鞘而我是一把好刀！单独摆着怎么看怎么好，想装成一副，非得把我淬了重新来一遍不可。"

所有的人哈哈大笑，说那也没有什么不可以。是呀，既然有的人为了爱可以去死，难道还怕活着吗？或者说难道还怕再活一遍吗？淬了重来有什么大不了，又不是干将莫邪！

原来男人与男人之间,还可以这样比

女友正是如狼似虎的年纪,去泰国游的时候,一车的游客,单她们几个女子被拖去看了一场名为"一枝独秀"的表演——她进去的时候演出已经开始了。环型剧场,座位是阶梯式,一排比一排高,像古罗马的斗兽场,不过,场子中间是T型台,台中间一个全裸男人在弹琴——他不是在用手弹……

后面的节目更加直接——而且全具备竞技性,比如"击鼓"——每个上台的男人,全如"月过柳梢丝丝不挂"。不过,这不是最大的看点——假如这个世界上有所谓的"裸体运动会",那些男人无疑是最不怯场的——一个个挺胸抬头,仿佛久经赛事的运动员,昂首阔步,每一寸肌肤都写满自信和骄傲,他们直直地走到鼓前面,就像体操运动员走到平衡木前面——然后,单臂高举,示意比赛开始,鼓声随之响起——谁制造的鼓声越雄壮,持续时间越长久,说明谁的"鼓槌"越厉害——原来男人与男人之间,还可以这样比!

最后的最后,所有"运动员"集体谢幕,如同一场大型时装秀的尾声,全体参演"艺人"鱼贯而出,挥舞着手臂,舞台被灯光打得极其绚烂，飞舞的彩色纸絮从天而降，音乐与数不清楚的"希腊雕塑"同在台上流动——见过"希腊雕塑"吧？裸体、健康、朝气蓬勃——他们就是那样的——所不同的是，他们中的大部分身上都有文身——那是很艳丽的文身，比如从左肩开始斜跨整个后背的一大簇牡丹，再比如腹部的一团玫瑰，总之和电视剧中黑社会的那种青龙白虎的狰狞文身不同，他们的文身多是娇艳的锦绣云霞般的。

全部比赛结束，散场的时候，女友才发现所有的观众都是如她一般年纪甚或比她要大很多的女子，她们披金戴银，神采飞扬——剧院的出口很窄，守门的是一个具有超级甜蜜笑容的大男孩——女友走过去的时候，他的眼睛像钩子一样，一下钩住她，她不得不回看他一眼，他仿佛就在等她这一回头，恰到好处自然而然地对她说："我们楼上有包厢，要不要上去看看？"从没有人把普通话说得如同他那般柔情而暧昧——女友落荒而逃——她是不敢，那个男孩至少比她小一半。

……

从泰国回来以后，女友发现她的眼睛忽然具有穿透性——无论什么男子，她只要看他一眼，这个男人就会成为一尊裸体——当她在泰国的时候，在那么短的时间，被那么密集的"鼓点"轰炸过后，她获得了这样一种能力——那个一直让她觉得纠缠不清的上司，当她穿透他的品牌西服，她忽然觉得那身臭皮囊再也唤不起自己往日那种"又美好又笨拙"的感觉。刹那间她明白什么叫"看透"一个男人——当男人被一个女人看透,他在这个女人面前就再无优势可言。阅人无数的女人之所以让男人不寒而栗,就是因为她们具有这样的"视线"。

不过,女人看男人,看得太清和看得不清,都是一样的麻烦——张小娴把男人分为两截——上半截和下半截,所谓"下半截"你可以把它理解为是男人之本,也可以理解得更直接一点——像查泰莱夫人就是一个为了"男人的下半截"而抛弃另一个"男人的上半截"——这"上半截"一般指一个男人的社会地位、名望、财富等等。

完美女性

"你心目中的完美女性?"这个问题,似乎是"三八节"的标准问题,差不多年年问一遍。在很多很多年前,我做实习记者的时候,曾经问过别人类似问题——在你所看过的影视文学作品中,你认为哪一个角色算完美女性?

对方想了半天,说"刘慧芳",但随即又否定,她不算,她老公出轨,显然完美女性的老公是不能出轨的,尽管刘慧芳是很多很多年前火遍大江南北的电视剧《渴望》中的女一号,她温柔又善良,但我清楚地记得,当时我还在学校读书,大部分女生看了以后,都说这个女人是太好了太贤惠了太具各种美德了,但是但是但是,太苦了,太苦的人生不能算完美。

影视作品中的完美女性?琼瑶剧的女一号?只能说长得很完美,但一辈子似乎除了爱得死去活来,没有任何可以称颂的美德,而且要按世俗道德来说,早期琼瑶剧中的女一号还多是小三,即便不是小三,也肯定是因为对爱情的犹豫不决,让电视剧里所有的男人都为之浪费生命,自己痛苦别人也痛苦,这样的女人算完美吗?

记得曾经和编辑热烈地讨论过这个问题——完美女性,影作品中的。江姐、刘胡兰除外，她们是榜样、英雄。后来我们把标准放宽到世界名著范围——安娜·卡列尼娜，肯定不能算，卧轨自杀的女人能算完美女性吗？茶花女，也不能算，风尘女子，尽管不应该有职业歧视，但她没有家庭没有孩子没有丈夫，总归不完美；娜塔莎，《战争与和平》，也似乎不够完美，先爱鲍里斯，然后安德烈，然后喜欢上一个有家的花花公子差点跟人家私奔，虽然最后求得了安德烈的宽恕，并且幸运地嫁给了皮埃尔，那只能说幸运，不能说完美；简·爱，孤儿院长大，爱上年长的罗切斯特公爵，人家有老婆，然后等人家老婆死了，庄园烧了，眼睛瞎了，和人家走到一起，你们觉得这样的人生完美吗？是不是有点太含辛茹苦呢？哦，忘记了，还有那个著名的《乱世佳人》郝思嘉，她完美吗？按我们中国人的道德观，不仅不能算完美，而且可以说是淫荡女人，您爱一个男人，这个男人结婚了，您各种勾引，然后作为报复，你嫁给这个男人的老婆的弟弟！这是您的第一次婚姻，婚后各种不检点不说了，总之不久丈夫死了，您成了寡妇，因为各种原因，您穷了，然后您碰到妹妹富有的未婚夫，您直接放出手段，成功嫁给妹妹的未婚夫，这是您的第二次婚姻，其他的情节不说了，单说这两条，您觉得您完美吗？郝思嘉就是这么一个"乱世佳人"！

年少的我们，讨论一圈，也没有找出一位绝对完美的女性——那时候我们太年轻，还不懂得，这个世界上根本不存在绝对的完美！今年"三八节"，一位记者采访我，突然问我一个问题：在你写过的电影电视小说中，哪一位女性是您认为的完美女性？

天啊，当即我脑袋里就升起了一朵蘑菇云，为什么要问我这个问题？！连托尔斯泰、维克多·雨果都没有写出完璧无瑕无可争议的女性，您问我？您太抬举我了！后来，后来，我对她说，一幅静止不动的画有可能完美，但因为人生是一个过程，所以完美女性很难做到每一天每一刻都那么完美，她肯定也有走窄的时候，甚至也有摔一个趔趄的时候，所以，我认为完美女性应该是那种懂得和自己相处的女性，她了解自己的弱点，并且有极强的生命力，即便失意，即便掉坑儿里了，但依然不放弃，并能再度辉煌。

她让我举一个例子，我说比如希拉里，你可以说她人生不完美，在她老公有外遇的那一刻，全世界都在看有她老公详细性行为描写的《斯塔尔报告》，她老公的名言"口交不算性交"成为著名笑柄，但是，她能解决掉这件事情，并且继续前行——完美女性不是豪宅的样板间，她们在风雨泥泞中跋涉的时候也会狼狈和落泪，但是，和普通的平庸的大多数女性相比，她们之所以出众，是因为她们总是可以使自己的短处变成长处，就像维纳斯，缺俩胳膊，你依然觉得她完美，至少比多数公园里那些四肢齐全的少女雕塑要完美，对不？

蜀道难

我的身边有很多"北大荒（北京大龄荒芜）"，房子也买了，工作也不错，但就是没有老公。我总劝她们别太挑拣了，差不多就可以了。有一次，一个女友被我说急了，对我说：我总不能站在大街上，看谁合适就上去问人家，哎，你有老婆吗？没有看我成吗？

我说你可以找人介绍啊。她笑笑，说：你手头有合适的没有？

赶紧翻电话本，翻来翻去，合适的还真不多——已经结婚的肯定不行，没结婚的有女朋友的也不行，又没结婚又没女朋友但太花的更不行！

女友冷眼瞅着我，说：现在你知道有多难了吧？

我说可以到网上找啊。女友说：网上？那是找一夜情的地方！见你就跟你说咱们年龄都不小了，别耽误工夫了。知道什么叫"别耽误工夫"吗？就是抓紧睡呗。你拒绝也可以，但基本没下文了。网上人多着呢，你不肯，有的是肯的。

我说你遇到的都是什么人啊，肯定有你的问题。咱们不就是想找一个老公吗？找一个肯跟咱们过日子的男人吗？你别老把目光锁定那些年薪一百多万的，找老公又不是给公司找合伙人，非得出过国留过学掌握几国外语的，过日子用不着那些。

她同意，但上哪儿找呢？我的女友三十七岁，想找一个四十出头，身体健康的，结没结过婚有没有孩子都无所谓，只要人好对她好就成，这要求不算过分吧？我们上了好几个著名的号称"严肃"的婚恋网站，结果一查才知道，这基本就是梦想，连五十岁快退休的男人都在大言不惭地要求女方年龄不能超过三十五岁！

再一看那些没头发有将军肚的老男人，全都自信得要命，其实，资产不过就是两套房子，月收入在一万左右，偶尔有几个年薪三十万以上的，索性标明女方年龄不得超过三十岁。

我安慰女友：这些都是缺乏自知之明的老男人，他们大概以为自己是杨振宁呢，咱不找也罢。

我为女友做了注册，由于女友强烈反对把照片贴上去，不是因为她丑，是因为她在她那个行业还算是有头有脸的人物，她不愿意让人家知道这事儿。结果呢，只有一个四十八岁的离异男人给她发了信息，要求她必须有独立住房，必须有工资收入，一句话，就是不能给他添麻烦。

女友问我：你觉得我能嫁这么一人吗？

感动与打动

很多女人认为，婚姻中的"核武器"是离婚——其实，不是。假如一个男人不在乎你了，对你没兴趣了，他就不怕失去你。你便是自杀又怎么样？他即便是惮于你的淫威，而留在你身边，又怎么样？当一个男人变心，女人的眼泪、孩子的眼泪、老人的眼泪只能让他心烦，而不能让他感动，即便最后被这些"大规模杀伤性武器"命中，为了老人为了孩子为了家而留下来，他还是会耿耿于怀。

一个老女人在人生暮年对我说：好女人总想着多为男人做一些事情，她们像炉火一样，安全温暖，但是只有一个男人变得很老很老，老到我现在这个岁数，才会被这种女人感动。而对于大多数男人来说，他们也不是不感动，但感动永远不如打动，感动让人温暖，但打动让人难以割舍。感动因为是爱的奉献，所以往往是无偿的免费的不要求回报的，结果倒容易给人有白来的廉价的派送的感觉。而打动则因为突如其来，无法防备，如海啸地震，即便是造成灾难性后果，但让人记忆深刻难以磨灭。其实，我们女人也一样，只是我们胆子小，比男人现实，所以我们往往心动那么一下子，就收住了。

我说，难道男人不会为女人的品质所打动吗？

她说，呵呵，那得是特别智慧的男人，一般男人没有那么高的智商啊。再说，所谓品质就像商品的牌子，两个手袋，一个是真皮做的，一个是帆布做的，但是真皮的反而便宜，帆布的反而贵。是真皮的品质不好？不见得！真皮的没牌子，而帆布的叫LV！女人也是一样，如果一个女人名字叫张曼玉，她就不再是一个四十三岁的女人，二十三岁的女人满街都是，任何时候都有，但张曼玉只有一个。男人和女人一样，也喜欢名牌，也喜欢权势。古今中外，女王从来不乏追求者，即便是号称童贞女王的"伊丽莎白"，她到花甲之龄，还有几乎可以做她孙子的年轻的埃塞克斯伯爵的狂热追求呢。

我当即大感绝望——毕竟张曼玉只有一个，一般的女人靠什么打动男人呢？难道我们只能靠宽容？或者男人的良心发现？

她说，这事情吧，如果男人不懂感情，女人怎么样都没用，所以第一，在找男人的时候就要找好一点的；第二，如果找的时候眼神不好，没找好，那就赶紧把时间和金钱花在自己身上。相对来说，按难度排序，改造一个坏男人难度最大，也最吃力不讨好，因为你有可能是在为别的女人做嫁衣；所以与其改造身边那个坏的，不如直接去找一个好的，如果你嫌这个也有难度，那么难度最小的还是"求人不如求己"——罗马不是一天建成的，张曼玉也不是生来就是张曼玉，即便是麦当娜，也难免遇人不淑，离了几次婚，更何况你我凡人？离开一个对你不好的男人，最坏的结果是自己过，而你还有再遇到好男人的机会！

假如你恨一个男人，那么你的核武器不是离婚，而是永不离婚。你就跟他过一辈子，他折磨你虐待你敌视你，你也折磨他虐待他敌视他，他要到法院打离婚，你就毫不客气地索要半数以上家产以及子女抚养费精神赔偿费等，能耗一天是一天，痛痛快快打一场核战。反正核战是这样了，你虽然损失也大，但对方更大——这就是为什么许多企业家一旦娶了泼妇反而不离婚一样。离婚的，不是太贤惠，就是太独立：太贤惠的不懂核武，太独立的又不屑于。

对于大多数男人来说,他们也不是不感动,但感动永远不如打动,感动让人温暖,但打动让人难以割舍。

没有只涨不落的股市，
就如同没有一帆风顺的婚姻。

圈养动物与野生动物

女人爱上男人，就会想到嫁给他；如果她是好女人，婚后就会一心扑在这个男人身上；如果她运气够好，她所能得到的最好的礼物就是"白头偕老"。但是大部分女人运气并没有那么好，而且即便运气好的这部分女人，在最终得到这份名叫"白头偕老"的礼物之前，也会经历种种挣扎和伤害。她们中的许多人都曾经有过类似疑惑：为什么恩爱多年的丈夫突然不爱回家？这个时候，就会有"过来人"劝她们忍——男人就这样，他转一圈最后还会回到你这里来的。

最初，伤心的女人一定不肯接受：为什么要等他转一圈？天下男人那么多！

确实如此，天下男人那么多，但天下女人也不少啊。她们不久就会知道，数年的婚姻生活，已经使她们退化为"圈养动物"，一个好男人放在她们面前，她们都不知道怎么争取，更何况还要和同类竞争！

看过一条新闻，一只叫"祥祥"的大熊猫，被放归自然，不到一年就死了。"祥祥"是从上百只圈养大熊猫中选出来的佼佼者，年轻，健壮，反应快，学习能力强，通过三年野化训练，体重由六十二公斤增加到八十公斤，高于同龄野生大熊猫。但是，两次放到野外，两次因争夺食物和领地而被野生大熊猫打败，第一次被打得鼻青脸肿伤痕累累，第二次失足摔死。

很多婚姻中的女人，如同大熊猫祥祥，习惯了安逸稳定被人照顾，一旦遭遇对手，既不懂得攻击也不善于防御——结果往往死得很难看。很多人会说女人何苦为难女人，如果那个男人不爱你了，就离开他吧。但问题在于，离开一个男人容易，难的是如何重新开始——对于圈养的熊猫回归自然尚且那么困难，更何况是女人呢？除非这个女人本来就心眼活泛。

一个已婚女人告诉我，她从来不拒绝其他男人对自己的好感。因为这种好感会使她心情好，而一个女人如果心情好，脸上就会显得自信滋润光彩照人，而这种自信滋润光彩照人会使她比那些舍不得吃舍不得穿整天洗衣做饭带孩子的女人要有魅力得多。

我问她，难道不怕先生有想法吗？

她说第一，她不是所有事情都让先生知道的那种女人，女人如果在丈夫面前完全没有秘密，那么丈夫对她也就没有了兴趣；第二，不怕男人对你有想法，怕的是他对你没想法；第三，假如你是一个没有魅力的女人，你的忠诚就一钱不值，而假如那么多人喜欢你，而你却只忠诚于他，他反倒会觉得倍有面子，男人就是这么一种动物。

她对我说,她的姨妈为姨父做了一辈子饭洗了一辈子衣服,但姨父却在外面有别的女人。姨妈该做饭做饭该洗衣服洗衣服,多一句都不问,她为姨妈打抱不平,她母亲告诉她:假如姨妈能有更好的选择,为什么要忍?一个在家做了十几年饭洗了十几年衣服的女人,你让她离婚,跟把你养了好多年的宠物放归自然有什么区别?

那一刻,她恍然大悟——即便结婚,即便有一个男人很爱很爱自己,自己也很爱很爱他,但那也只是一个男人而已,她不能为了一个男人,为了一份安逸的生活,就把自己退化成圈养动物——为什么有的女人敢跟你抢男人,因为她觉得她抢得过你;为什么有的男人舍得让你难过,因为他知道你离不开他!

如果人生如戏

和朋友长途旅行，一路聊了很多，最后得出结论，出来混是需要演技的。如果人生是一出戏，那么您打开家门的那一刻，大幕就拉开，您就得开始演，而且吧，拼到最后，拼的是演技，年轻的时候，可以拼偶像，耍酷耍性格，但是，青春一过，您如果还想在台上混，还想混好了，混出个名堂，混成角儿，您就得会演了。有的人，特真诚，不肯演，或不屑于演，但除了他（她）爹妈喜欢他（她），其他人都躲他（她）远远的，谁愿意一见面就特诚恳地说你这不好那不好的人？就算是为我好，您也得问问，我想要你这么为我好了吗？

那一刻，我忽然意识到长期以来我所犯的"错误"——不会演戏，或者演技太差。是的，我从小的教育就是"直言犯谏"，管你是谁，硬碰硬，属于拼刺刀的性格！比如说，一哥们儿花钱出了本书，高高兴兴的弄一饭局，请大家给说说，你非要说，这个书哪里哪里不好，我不喜欢。哥们儿当然不高兴了！虽然你很真诚，虽然你甚至也写了吹捧的书评，但是演技派是怎么做的？当着你的面儿，特诚恳，说我喜欢，我特别喜欢，我好多好多年没有看过书了，我都舍不得看完——其实呢，是他（她）根本就没有看，他（她）就在饭局的路上，看了开头两眼。而且最恶劣的是，他（她）转过身去，背着你的时候，会说他（她）哪儿会写书啊，简直看不下去！但你没听到啊，你还把他当哥们儿当朋友，逢人就说，某某好。

朋友对我说，"会演"很重要，这事儿就跟化妆一样，大家一起拍照片，一起上镜，人家化妆了，你没有，拍出来照出来，人家就比你好看，你就吃亏，你能给每个看到照片的人说：我没化妆他（她）化了吗？"演"也是一样，人家演了，你没有演，人家把人生当舞台，你把人生当旅行，人家当然收获的掌声比你多。

我说，可是我演技很差，我碰到人，即便我心中充满热烈的善意，但往往表达出来也透着不自然——朋友立刻说，因为你想多了。朋友举了个例子，比如说吧，领导讲话，讲完了，大家谈体会谈心得，你即便觉得领导讲得太好了，但是要你当众说出这个"好"字，你会觉得自己是在拍马屁，你心里只要这么一闪念，你就不纯粹了，就是真的想夸人家，也夸得跟假的似的。演戏得忘我啊，得人戏合一！他给我举了个例子，我们都共同认识的一个女人，有好老公，好情人，而且人家还是好妈妈，更重要的是，人家还事业有成，要风得风要雨得雨，他对我说，人家演技好到啥程度？老公和情人还是朋友，但是老公做梦也想不到，自己同桌吃饭的男人把酒言欢的男人，是自己老婆的情人！也有闲言碎语，但是人家演技好，一通梨花带雨，老公立刻内疚，太不应该啦。他问我，这事儿你行吗？人家就这么演了四五年！

　　我说我肯定不行。我属于那种怕湿鞋，都不往井边走的人。他说，所以啊，人家既有美满的婚姻，又有美满的情人，而且咱们在这儿议论人家，传到人家耳朵里，不道德的还是咱们！为什么呢？因为咱们说人家闲话叫是非，人家干了说没干，碍着你啥了？就是被老公撞一个正着，铁证如山，人家还可以跟老公解释说：我一直不知道怎么跟你说！我也很痛苦！但我是爱你的……那你为什么爱我还给我戴绿帽子呢？伊可以悲悲切切地对老公说出那句期期艾艾的台词：因为我怕失去你。

　　朋友对我说，你看，这话换我听，我就觉得不合逻辑，你怕失去我，所以给我戴了绿帽子，但是换了她老公听，老公就检讨了自己，是自己做得不好，让女人没有安全感了。为什么呢？因为人家是影后，你没有在现场，没有看到她的演戏，如果你看了，你可能也会原谅她，这叫艺术的感染力——王刚演的和珅招你喜欢吧？其实和珅是一大贪官呢！

执子之手

"如果你遇到比你身边的男人更优秀的男人时，你怎么办？"

这是我的一个女朋友经常要解决的问题，她管身边的男人叫"现货"，她管更优秀的男人叫"目标"，她每次的选择都是先锁定"目标"，然后及时"清仓"，最后"新货上架"。她算是白领精英吧，经常提着LV的箱包满世界签合同。在我们看来，她总能找到最新的"样本男人"做自己的"屏幕保护"。

我们常常开玩笑说，她换未婚夫的速度就像时尚杂志更新自己的封面，每月一款，虽然略有不同，但一定是当月"最新样式"，而且必然在不远的未来迅速流行。最早的时候，当普通妇女还在为自己找了一个有桑塔纳的男人而沾沾自喜时，她的身边已经云集了数款宝马和奔驰；后来流行找有"外血"的，她的追求者就改成了多国部队——美国的、法国的、意大利的、德意志的、丹麦的、芬兰的、大不列颠的；再后来，随便的有钱人和普通的外国留学生都算不得"样板"男人了，她的未婚夫就成了哈佛毕业的，有好几个博士文凭和若干硕士学位的华尔街精英。

她和我们在一起总是很骄傲的，她认为我们这些人，如果结婚五年还生活在一起，一定是因为彼此都没有什么太大的追求，她常常问我："难道你从来没有遇到比现在的老公更好的男人吗？"口气中充满怜悯。

我当然羡慕她，尤其在她唉声叹气地看着我："你为什么不给自己一个机会呢？去尝试一下。世界这么大，好男人那么多，为什么抱定一个？难道你是对自己缺乏自信吗？"

被她这么一说，自己莫名其妙地就会自卑起来。是啊，好男人那么多，随便翻翻时尚杂志，打开电视看看财经频道，哪个不比那个和我朝夕相处的男人看上去"长势喜人"？为什么我就不敢去追求另一份幸福呢？于是就看身边的男人不太顺眼，于是就巴望着有鸿鹄将至。直到有一天，无意之中看见老公给一个朋友的邮件，那份邮件的大意是说："山外有山，楼外有楼，天下比她好的女人很多，比她对我好的女人也很多，但是既然我们在一起这么久了，彼此又没有什么大的问题，何必分开呢？"后来我知道，他的朋友一直在矢志不渝地拆散我们，因为在他的朋友眼里，我既不年轻貌美又缺乏温柔体贴，所以他们不停地给我的老公推荐新人，尤其在我们吵架的日子里。

现在我们常常拿这件事情来开玩笑——我们都没有移情别恋，是因为我们都太差！

其实，从某种意义上说，人活一辈子，怎么可能只遇到一个合适自己的人呢？如果有心的话，总会遇到几个吧？关键是我们是不是一见到更好的，立刻就放弃身边人？

"死生契阔，与子成说。执子之手，与子偕老。"这是张爱玲最喜欢的《诗经》里的句子，因为张爱玲喜欢，所以很多人就跟着喜欢了，包括我也是一样。不过，以前我一直没有读出来这些句子里有"珍惜"的含义，经历过一些事情以后，我懂得了什么是珍惜——珍惜的意思不是指去珍惜更好的东西，而是指不要轻易破坏自己已经得到的。

"执子之手，与子偕老"——即使你不是最好的那一个，即使我的身边还有比你更优秀的人，但是他们都和我没有关系，我愿意和你终老一生。

亲啊，你咋那么单纯呢？

她和他在网上认识，各种聊天，然后见面，然后毫无征兆，他消失了，人间蒸发，忽然就没声音没图像。发短信不回打电话不接，什么情况？他是遇到车祸了？或者遭人绑架了？或者，发生了意外？她着急，焦虑，痛苦，上穷碧落下黄泉，四处寻他——其实她认识他也就不过个把月。回忆他们在一起的所有片断，都是快乐的，他为什么忽然消失呢？为什么连个招呼都不打呢？我做错了什么？

亲，你什么也没做错，他只是可能不想那么快把自己交代给你。那么，那么，那么，他为什么不跟我说一句呢？这算什么？他向我表白了他喜欢我，想和我在一起，我们约好一起看话剧，看电影，然后，他人找不到了。呵呵，你要他怎么向你解释？跟你说对不起，说：当时我向你表白，其实只是想和你客气一下，找找感觉，我也确实喜欢你，但，我还没决定要做你的男朋友？他和你只是网上认识而已，他对你又不那么熟，你万一脾气火爆，他何必跟你说实话惹怒你呢？

他和她是熟人介绍的相亲，起初，她对他各种好各种友善，在网上碰到会聊几句天，微博相互关注和转发，他给她发短信，她总是很快地回，他请她吃饭或者叫她出来，她也总是欣然前往，而且似乎总有说不完的话题，然后，很快，也就是一两个星期，他给她发短信，七八条，可能才回一条，他约她出门，无论是什么理由，她都说没有时间，在网上碰到，他向她问候，她也只是敷衍一张笑脸，他做错了什么？他不过是向她表达了好感，而他向她表达的好感，是在她的强烈暗示之下的，她对他各种巧笑倩兮美目盼兮，但是当他真的勇往直前，她却假装很无辜。亲，咱们是相亲认识的哎，啥叫相亲？那不就是以结婚为目的的吗？您要是没看上我，您何必对我各种好感呢？就算我会错意，您如果对我没有感觉，您何必不跟我直说呢？就说没看上我，我也不会怪你啊。何必要如此这般呢？呵呵，你要人家姑娘怎么直说啊？直说就是我不知道还能不能找到比你更好的。冬天到了，天冷了，我怕没有人跟我过新年，过元旦，过春节，过情人节，我得撒一张大大的网。你既然已经表白了，上钩了，谁还会为已经上钩的鱼喂饵呢？

经常经常经常，因为工作关系，会接到大量的信件，都是类似咨询——两人之前并不认识，或者相亲，或者网络，或者邂逅，然后一方对另一方迅速表示好感，感情急剧升温，他或者她以为茫茫人海，总算找到知己，甚至，谈到未来的生活，甚至，一起去看了家具，然后，信号中断；有的是毫无征兆的中断，有的是为一件很小的事情，一方生气了，然后另一方无论如何解释如何道歉如何发信息，都不再有回应——其实，如果，如果，如果，他或者她对你有诚意，这种诚意是指交往的诚意，是不会这么对你的，之所以这么对你，就是他（她）想结束游戏，或者暂时结束游戏。因为他（她）可能同时和几个人玩这种游戏，必须暂时和你中断一下游戏，才能抽身去玩其他的。

那么那么那么，他（她）为什么不直接说我对你不来电？亲啊，你咋那么单纯呢？如果真这么说了，岂不是断了自己后路——万一万一万一，有一天寂寞了，想找个人来陪的时候，你难道不是最现成的备选吗？给你打一电话，约你见面，只要你来，只要你问，就可以轻轻地说一声"我错了，你还生我气吗？"，然后再辅之以相应的身体语言——呵呵，一个姑娘被一个男人说了三次类似的"你还生我气吗？"，每次她都不生气了，然后陪他一个光棍节，一个传说中的世界末日，然后他找茬和她吵架，关机消失，她问我他为什么为什么为什么？我问她你为什么为什么为什么呢？！

有些问题永远不必问

我发现很多受了感情伤害的人，无论男女，都特别喜欢做一件事，就是千万次地问——各种问。他为什么不爱我了？我哪里做错了？我对她这么好，她为什么非要拒绝我？她为什么选择那个男人？他为什么抛下我和那个女人在一起？他（她）还会回来吗？他（她）会后悔吗？如果有一天他（她）后悔了，我原谅他（她）吗？

所有的问题，要无休止地反复问很多遍。其实，这些问题有答案吗？就算有，你知道了有意义吗？反正你们已经结束了。他已经不接你的电话了，她已经取消对你的关注；他和你离婚了；她对你说她爱的不是你；难道还不够吗？你还需要知道什么？

他和她能长久吗？

她如果被他欺骗了怎么办？

干卿何事？！你们已经没有关系了知道不知道？不要在没关系的人和事上浪费时间了知道不知道？有这工夫，做做瑜伽也是好的呀。

我曾经劝一个沉浸在"十万个为什么"中的女人把自己的所

有问题都列出来，每一个问题，然后把自己思索的答案写在问题下面。她问为什么要这么做。我说因为你这么做了，你就知道其实你不是在寻求答案，你是在折磨你自己。比如，你问我他为什么要对我撒谎。如果我回答说，因为他是一个无耻的男人。你立刻就会反驳，说：不，他是一个好人，你不了解他……

然后我说：好，我不了解他，他是一个好人。

你又不干了，说：他如果是一个好人，他为什么要撒谎？骗我？

我只好说，他虽然是一个好人，但，他有小三了。

你于是破口大骂小三无耻。击鼓骂曹怒发冲冠，反复追问，小三为什么这么不要脸？小三这么不要脸他知道不知道？他一定是被她蒙蔽了！他将来会后悔的……@#%&*；然后，又一通@#%&*，有的时候反复地 @#%&*，你又回到最开始的问题——他为什么要对我撒谎，他为什么要骗我！

亲，你只有把答案写下来——他为什么要对我撒谎？他为什么骗我？答案是他有小三了。只有这样，你才不会每隔一小时问一遍：他为什么要对我撒谎？他为什么骗我？

她还真这么做了，结果是，她每隔一小时就要推翻一小时前的答案，然后重新问一遍，重新找答案。这么着一段时间以后，她终于放弃了，她对我说，在百度上搜过了，结果发现有好几十页的答案。我说知道了吧，以后要问什么问题之前，上百度搜搜，这个世界上骗老婆的男人不止你丈夫一个，再说，感情的事本来就复杂，人家当初爱你的时候，你也没有问过人家为什么偏偏爱的是你而不是你的师姐或他的同事，那人家不爱你的时候，你何必偏要问为什么呢？人家爱你的时候，你觉得理所当然，人家说你是这个世界上最值得爱的女人，你也没有觉得他是撒谎是夸大其词，怎么人家不爱你的时候，你就觉得是天理难容了呢？人家怎么和你说实话？实话就是我不爱你了我今天晚上不能回家因为我要和某某在一起，这话怎么说？说了你不去捉奸吗？当然，我也觉得如果对方承诺了要和你厮守一生，中途背叛确实无耻，但既然他都这么无耻了，咱们就赶紧了断吧——争取咱们能争取的，然后好好过自己的日子，何必还要再去问，他会不会后悔？她对他是不是真心？

  我特真诚地建议，无论男女，只要是人家不爱你了，哪怕你还爱着人家，都要面对现实。现实可能是对方瞎了眼，没有识别出您是和氏璧；也可能是咱不够好，配不上人家。不管是什么，结果是一样的，这段感情结束了。对于一段结束的感情，最好的办法就是把它暂时存起来，不去触碰。然后，尽可能快地开始新生活——不要再纠结他（她）会不会后悔，还会不会想起你——如果实在纠结于此，那么我可以负责任地告诉你：如果你就此过得人不人，鬼不鬼，人家只会庆幸把你早早地甩了！

蜡烛与珠宝

吃饭,一个人说起头天看的一档相亲节目。说是一个男孩子,又高又帅,兴趣广泛,曾多次骑车去西藏,潇洒无比。他一上台,女孩子竞相留灯;但他后来说,他现在的状况是,父亲癌症,母亲癌症,父母最大的心愿就是能看到他结婚——灯一盏一盏全灭了,主持人问:为什么啊?

男人听到这个故事,很激动,马上批评现在的女孩子太现实,一看帅哥,眼睛闪闪发亮,一听说人家父母病重,马上灭灯。全是候鸟型的,您这儿春色满园,她飞来了,莺歌燕舞;您这儿天寒地冻,她飞走了,最多留一句祝福,也是给自己留一条后路,万一,万一,万一,您春回大地呢,她还得来筑巢盖窝呢。

女人马上反击——当然要灭灯,不是我们现实,是这个男孩子太现实!您早干什么去了?您又高又帅,怎么可能没有女孩子喜欢你呢?肯定是有的吧?您耍酷来着吧?您特拽来着吧?您这条件,但凡您真心点,谈个恋爱追个女生不难吧?您肯定是觉得自己怪不错的,一般的姑娘您还就看不上了,拿着个劲儿,人家主动,您还要挑挑,找那种成就感存在感,要多屌有多屌——

结果天有不测风云，您家遇到事儿了，这时候，您想找一个能和您一起扛事儿的，那女人得多饥不择食，才肯啊？

一般的恋爱，总是先要有一段眉来眼去，你追求我，我追求你，你爱我，我爱你，然后有这么一段感情垫着，咱再共同面对生活，共享福祸；您这倒好，一来就是家里有俩病人，我这一愿意，就得当护工，免费不说，还得往里倒贴钱，倒贴钱不说，伺候不好，您还可以数落我，说我对你父母不好。您谁啊？！您付出了吗？！您这叫来找爱情吗？您这叫来找志愿者，把落到你肩上的那份责任担起来！

而且如果真有人冲上去给您做了奉献，您肯定觉得是应该的，因为您帅啊！完后，很多年后，您父母归西，那会儿您要是再有点小成就小出息，您看着身边的黄脸婆，对比着别人的如花美眷，您会不会感慨，为父母牺牲了寻找真爱的机会？然后，您要是再孙子一点，您就会说自己的婚姻是没有爱情的，那个当初给您冲上去做奉献的，不是真爱，您感谢她为您做的一切，但，爱情不是感恩，没有爱情的婚姻是不道德的，您这么一说，那个给您做了一辈子蜡烛的女人，但凡有点自尊心，都得离婚——您话都说到这份儿上了，再不离，倒显得人家不道德了。

男人目瞪口呆，女人义愤填膺。同一件事情，男女解读如此不同。

男人说，我们想找一个女人同甘共苦有什么错吗？女人说，那是你们倒霉的时候落魄的时候，你们才这么说，等你们缓过来了，苦日子过完了,你们就会说我们爱年轻美丽的女孩子有什么错吗?

男人说,你们女人目光短浅,就认眼前,你们为什么不能和穷小子一起奋斗呢?女人说,你们既然想要找一个和你们一起奋斗的,为什么偏要上赶着追"万人迷"?你们怎么就不能爱勤劳朴实的劳动妇女?

男人说你们就是虚荣物质又虚荣又物质,女人说既然你们男人爱美色,即便是一文不名的男人找个年纪稍微大点的剩女都觉得委屈得不得了,你们又有什么资格指责拥有美色的女人太虚荣太物质太现实?难道你们不比她们更虚荣更物质更现实吗?

所有女人都说,绝对不会给这样的男人留灯,所有男人都说,这就是你们不幸的根源——因为男人找女人一般是两种情况,第一种,是他倒霉的时候,他要蜡烛型的;第二种,是他得意的时候,他要珠宝型的。看过寻宝的电影吧?男人为了一颗皇冠上的明珠,可以到古墓里去冒险!

呵呵,亲爱的男人,所以你知道为什么现在愿意做蜡烛的女人越来越少了吧?因为犯不着,燃烧自己,给您照亮,完后天一亮您就把人家给熄了,换做您,您乐意吗?所以,不要抱怨女人不肯再做蜡烛,男儿当自强,您自己为什么不争点气,做个灯塔呢?

那些男人"罪恶"的择偶观

一个男人，三十多奔四张的岁数了，单身。老妈急得不得了，到处给他张罗对象。他其实根本不难找——家境殷实，小有成就，还是名校毕业，从事着欣欣向荣的职业。可凡是老妈看上的，人家姑娘也乐意的，他坚决不肯，敷衍着见过就找借口不来往了。问他人家姑娘哪儿不好，他说没感觉；我们说感觉是要处出来的，您就跟人家喝一咖啡，能有啥感觉？要多给人家一点时间，给人家时间就等于给自己时间。

他急了，说：就长成那样？我看一眼就够了！我娶那么一媳妇，我天天看着我不堵死？我跟她喝一咖啡都已经是给她发福利了！还让我再约她？

我们说你不能以貌取人，人家那姑娘学习好身体好工作好，而且最难能可贵的是，人家不虚荣，没跟你要房要车，人家都自己备齐了，经济独立，落落大方，而且还喜欢小孩子，将来结婚了，肯定是个好妈妈。

他说算了吧，她还是嫁给穷男人吧——正好她没有美貌，又勤劳善良，最适合接济勤俭节约处于起步阶段的穷小子。

我差点要破口大骂,难道您是乔布斯吗?或者布拉德·皮特?您自己不也就是刚刚脱贫,而且也就算一小康,太把自己当盘菜了?

后来,他还真喜欢上一姑娘,身材魔鬼,脸蛋天使,喜欢得不得了,试着接近了一次,人家姑娘也给了他机会,一起吃了顿饭,说说笑笑,然后人家就直接告诉他,自己喜欢过什么样的生活——他大概齐估算了一下,她喜欢过的生活,按她说的,最少也得有四千万。房子不能是普通的,最起码也得是公寓,而且要环境好,带会所;车子也不能是二三十万的,光有四个轮能跑的不成,还得能敞篷,在天儿好的时候,开着这样的车去郊区拉风;还要去欧洲听新年音乐会,去夏威夷和拉斯维加斯度假,喜欢爱玛仕的包包和卡地亚的珠宝……

他跟我打听,爱玛仕的包包哪里有卖?我说最便宜的,几万一个,贵一点的几百万都有,你送吗?

他当时就吓得吐了舌头,说你别吓唬我。我说你以为呢?四千万都不够了吧?

以为他会就此务实,调整自己"罪恶"的择偶观,重新去寻找那些脚踏实地生活勤勤恳恳工作的女性,哪里想到,他竟然执迷不悟,发奋赚钱,我们劝他,你再发奋短时间内也赚不到四千万,除非中彩票!还得是六合彩!要不,这么着,你追求她一下试试,如果她真爱你,可能会给你打个折呢?你一千万还是有的嘛！对不？

他立刻说，不行，人家长那么漂亮，你凭什么让人打折啊？

我们说那不叫打折，女人要是真爱一个男人，就不会太为难这个男人，你可以先和她接触接触嘛，万一她对你动了感情呢？

他思考再三，还是没有出手——他怕被她看低。他请她吃个饭，一顿饭人均消费一两千他还是消费得起的，可万一人家提出逛街呢？万一人家进了珠宝店呢？

男人啊，姑娘主动吧，你嫌人家不漂亮，长得丑还主动，不乐意；人家被动吧，你又觉得人家太漂亮，纵使喜欢得哈喇子流一地，也使劲忍着咽下口水，假装不动心。您不累啊？

男人回归家庭这件事

如果，一个女人嫁了"成功男"，婚后有房住有车开，也不用洗衣服做饭，只需要照顾好家照顾好孩子，钱的事完全不用操心，想买啥买啥，而且，男人还很爱她，经常送她礼物，带她出席酒局宴会全世界度假，我们会说她什么？好幸福哦！她好幸福哦，嫁了个好男人，她的男人也好幸福哦，娶了她，她什么都不做，只做他的专职太太，他是她的一切。

但，要是反过来呢，如果是一个男人娶了"成功女"，男人也什么都不用操心，房子她有，车她买，钱她赚，他只需要照顾好家照顾好孩子，不必考虑养家糊口，而且女人还很爱他，他想去哪里度假，女人就安排出时间一起去，他想要什么，女人就给买，你会觉得这个女人幸福吗？会认为这个男人拥有了美满的婚姻吗？

很多人会说，如果那个女人不是有钱，这个男人怎么会和她在一起？！这真是有趣，为什么同样的事情，女人嫁了有钱的男人，大家就认为是皆大欢喜，而相反，男人娶了有钱的太太，就不被看好呢？人们羡慕嫁入豪门的女人，无论是女人自己，还是豪门本身，都觉得是一件可喜可贺的事，如果有旁人说三道四，会被看成是吃不到葡萄说葡萄酸；而换做是普通男娶了豪门女，尤其是有钱有事业的成年女人，人们则会说男人是图女人的钱，女人是图男人的性——为什么呢？

嫁汉嫁汉，穿衣吃饭。在女人普遍缺乏受教育机会的年代，女人很难谋职，男人对女人的最大用处就是"穿衣吃饭"，但是，当女人自己动手，丰衣足食以后，男人对女人的用处还是"穿衣吃饭"吗？

很多又优秀又能干的女子，她们在想明白以后，忽然懂得一个道理，为什么不像男人一样找一个"贤内助"呢？就是那种"当你觉得外面的世界很精彩，我会在这里衷心地祝福你""当你觉得外面的世界很无奈，我还在这里耐心地等着你"的那种爱人？虽然他可能没有啥赚钱的本事，但善良忠诚，有颗金子般的心——"每当夕阳西沉的时候，我总是在这里盼望你，天空中虽然飘着雨，我依然等待你的归期"，那种感觉多好——你出差，一下飞机，不再是司机来接，而是你的丈夫；你下班，回到家，推开门迎上来的不再是保姆，而是你的老公。

互动百科网上有一个新词"卷帘门男人"，专指"挣钱没有老婆多，只能每天帮老婆的店铺开关卷帘门"的男人。专家说，这是继"煮饭男""居家男""奶爸"之后，对特定男士群体的又一称呼，他们认为"从社会长远发展来看，男人回归家庭是平衡男人和女人社会地位的必然结果，对社会对家庭都是一种福音"。

　　长期以来，相当多专家的话都相当不靠谱，但这回关于"男人回归家庭"的说法，我觉得还是靠谱的。一个家庭，没有钱，经济窘迫总是不好的，但，一个家庭，所有的成员都在赚钱，都在疯狂加班，吃个饭都要约时间，吵个架都没有空，是不是也缺乏家的温馨？我总觉得做一个"卷帘门男人"总比那些工作不如意，家累又重，养家糊口捉襟见肘却还被婆娘指着鼻子骂窝囊废嫁给他们是瞎了眼的男人强吧？"卷帘门男人"有时间陪孩子打球，跟老婆度假，装修房子，设计花园，做成功女人身后的那个男人，有什么不好呢？让那些既赚不到钱，又没有好工作，还不肯回家照顾家庭的男人眼红去吧！

女人和床

判断一个男人是否成功，有很多方式，最简单的一种，是看他有几个办公室；判断一个女人是否丰富，也有很多方式，最直接的一种，是看她睡过多少张床。

有的女人很简单，闺床——婚床，一生！

有的女人很幸福，还没学会走路，就已经睡过好几张童床。

有的女人一生睡过很多床，但其实只睡过一张，因为每张床和另一张没什么不同；而有的女人正相反，她们睡的床虽然不多，但张张可圈可点。

听我外婆讲，在她们那个时候，大户人家的小姐出嫁，不仅要坐八抬大轿，还必须要一张"宁式床"做陪嫁。她当年就有那样一份陪嫁，是家里人专门到宁波定做的。她在晚年的时候，常常回忆起那张婚床，她说，现在再也没有那么好的手工了——那张床像一个精心打造的木制房间，镂空的图案、透明的纱帐——她在那张床上生儿育女，直到战乱开始。我外婆的晚年和我的童年同在一张床上，一个女人老了，别人就不会认为她需要一张自己的床。

对于女人来说，床意味着生活。当一个男人向女人示爱，他往往选择玫瑰；当他决定求爱，会考虑戒指；而只有当他肯和这个女人生活的时候，他才会带她看床。床代表安定、安稳、安全。

据说，一个女人对床的态度，就是她对生活的态度。大多数的女人，年轻的时候都是不在乎"床"的，就我自己而言，我睡过地铺、上下铺、帐篷、鸡毛小店的通铺，也不觉得苦，相反还觉得浪漫。是从什么时候开始在意"床"的？婚后吧？我迅速堕落成一个热爱各种床上用品的女人，绣花靠枕、拜占庭风格的毯子、镶着边垂着流苏的床裙，我把以前花在自己"身"上的钱，全都花到了"床"上。

一个"白骨精"女朋友，嘲笑我说，就你那张破床，再怎么投入还是一张普通的床。

她常年在世界各地飞来飞去，因此有了一个奢侈的习惯——每住一个酒店，就要在那个酒店的床上拍一张照片。她说其他女人出名以后，原先住过的房子就会成为故居，而她出名以后，那些酒店就会以她的名字命名那些房间——她期待着有一天，她曾经住过的房间忽然价值连城，只因为那些房间的"床"曾经被她"幸"过一个晚上——真是一个伟大而浪漫的理想啊！与她照片中的任何一张床比，我家里的那张"床"是多么自卑啊！

她对我说，你为了一张床而放弃了所有的床。

她说的对，但我想我就是这样的女人，我也住过香港的 HARBOUR PALAZA，上海的金贸凯悦、华盛顿酒店、佛罗伦萨饭店，以及波特曼、丽都假日、香格里拉，但是我从来没有想过那些"床"和我有什么关系——在我之前谁曾经睡在这些床上，他们是什么样的人，我想都没有想过这些问题，对于我来说，那些床就是床，价格昂贵功能单纯——睡一晚结一晚的帐。

如果说，那些床是床的世界中的白天鹅，我家的就是丑小鸭，尽管如此，那毕竟是我的丑小鸭，我生命中的丑小鸭，我对她有无尽的期待。我躺在我的床上，想着是不是应该再投入一笔巨款——我刚刚看中一张床垫，德国的牌子，说是按照人体曲线设计的，目前只有最豪华的酒店最豪华的房间最豪华的床才配备这种床垫。假如我拥有这么一张床垫，我家的床岂不是可以傲视所有其他的床——包括酒店的床？

顺便说一下，那张床垫的价格接近一款大众最新车型的市场报价。

我老公对我说，这个价钱可以去世界上最豪华的酒店度假了。

我说那不一样，度假是度假，可我要的是一辈子。

如果伤不起,能不能不折腾?

出差皖南,遭遇毒蚊。第一天,起一小包,没太当回事儿,当天晚上,面积扩大,又肿又硬,一夜难眠,凌晨,居然起了晶亮的水泡。急忙赶到当地医院,说是被一种学名叫中华库蚊的毒蚊所伤,建议输液。正在犹豫,进来一汉子,一看我的胳膊,立刻说和他老婆当初一样,他老婆就是去地里摘豆角,被咬了一口,结果几天工夫,胳膊就肿到抬不起来。我问他后来怎样,他说现在差不多好了,治了三个月。我一听,当即决定火速返京。飞机在大雨中起飞,水泡已出脓水,血管剧痛。飞机落地,胳膊已经肿成腿,腿肿成水桶。拖着行李直奔协和医院,被告知只有解放军304医院可治。连忙赶到304医院,输液至天亮。

我问医生,为什么一行六个人出差,只有我这么悲惨?医生说,这种库蚊虽然厉害,但是,一百个被咬的人里面,九十九个都不会有事,像我这样严重到血液中毒,需要挂水的,算百里挑一。

输液,敷药,一连几天。恰逢一女友失恋,痛不欲生,周遭所有朋友,基本一接她电话就要说自己正忙,否则,她就会滔滔不绝说上好几个小时。我在家休息,她到我家看我,一进门三句话必说到自己伤心事，然后就泪水涟涟，然后就控诉负心人，然后就要死要活，如此循环往复，一连数日，我实在是忍不住了，对她说，当初他追你的时候，我们就提醒过你，那男人比较花，你当时怎么说的来着，你还记着吗？你说，爱需要勇气，相爱过，即便最后没有走到一起，也胜过因为怕受伤害而错过。再说，失恋的又不止你一个，别人都能挺过来，你怎么就过不来呢？

她愣了片刻，对我说：怎么别人被蚊子咬了都没事儿，你被咬了就得夜航返京，急诊挂水呢？

于是，我懂了，人和人体质不同。有的人，被毒蚊子咬一口，能要半条命，但有的人，不仅自己毫发未伤，还能把蚊子拍死。我们同行一身强力壮的哥们儿，对我说他对蚊子有一招。他喜欢开着灯，坐在房间里看电视，等着蚊子落他身上，只要一落上，他就浑身一绷劲，把蚊子夹住，然后从容捏死。

同样，在情感上，有些人，比如像杜十娘，一箱子珠宝外加色艺俱佳，就因为错爱了一个负心男，投河了！但有些人，比如像伊丽莎白·泰勒，结婚离婚结婚离婚，生命不息结婚不止，要不是79岁去世，还得再嫁一回！

我对那个因失恋痛不欲生的女友说，咱既然体质跟人家不一样，伤不起，咱们能不能不找那些"库蚊式"男友？尽量别让他们"叮"着咱？咱就踏踏实实，找一忠厚老实经济适用型的，然后上班下班，生儿育女，平平凡凡，不折腾的不好吗？

如果你爱上了藏獒，
就不能指望他像鸡一样给你下蛋

下面这个故事是《新快报》的记者给我讲的。

一个五年前很优秀的男人，踌躇满志，想自己做一番事业，毅然决然辞掉了高薪且稳定的国企高管职务。他是那种喜欢玩越野的男人，不喜欢被约束，所以，辞职，离婚，离开原来的城市，远赴北大清华这样的高校读MBA，认识了现任妻子，两人相见恨晚，属于很能交心的那种，一来二去的就有了孩子，然后奉子成婚。现在儿子两岁了，夫妻间出了一些问题。

这个五年前很优秀的男人，自创业以来至今毫无起色，他的现任老婆，也就是MBA的同学，是个很能赚钱的女人，这几年两人的家用也都是她在出，她并没有嫌弃老公不赚钱，她只是觉得老公现在做的这些事情见不到光明，不知道"钱途"在哪里。而偏偏老公脾气不好，爱发火。于是夫妻之间常常争吵——对于女人来说，嫁一个男人，这个男人要你养也就算了，还整天发脾气，那个做老婆的心里能舒服吗？但对于男人来说，尤其对于曾经很优秀的男人来说，五年来没有做出什么成绩，本来心情就不好，偏偏老婆还要问他做这些事情"钱途"在哪里，脾气能好吗？

记者问我——他们的问题出在哪里？那个女人现在很痛苦，不知道应该怎么办。呵呵，假如那个男人事业成功，他们应该什么问题都不会有了吧？或者，假如那个男人肯放弃事业，一心围着老婆转，那女人心里也会好受些吧？但显然，那个男人偏偏事业不成功，而且又不肯做一个"煮夫"！如果他肯做一个"煮夫"，他当年怎么会辞职离婚北上读书？

一个曾经优秀的男人，一个喜欢玩越野的男人，这种男人就是"藏獒"，他们身上有一种其他男人所没有的气质，毋庸置疑，这种气质对女人来说，是相当有杀伤力的。但是，假如一个女人被这种气质吸引，以至于要如何如何，那么她最好在如何如何之前，先重温茨威格说过的一句话："命运赠送的礼物，暗中都标着价格。"这种男人，就是命运赠送的"礼物"——喜欢越野，很man，很结实，不甘平庸……但暗中标着的价格就是很可能不那么适合"婚姻"——如果你想要的是一段大多数眼中的美满婚姻。

说句实话，这种男人，就像女人中的美女，很多男人娶美女回家是养着宠着而不是洒扫庭除的，同样，这种男人弄到家里当丈夫，就要做好让他吃软饭的准备，运气好的，像李安的老婆，全是她养家她赚钱，六年之后，李安一鸣惊人，成了世界知名导演。运气不好的，你就要做好让人家吃一辈子软饭的准备——因为人家不是一般的男人，人家是有气质的男人，去查查欧洲的艺术家，有几个没有得到过阔太太的馈赠？这些男人，什么都好就是不会赚钱，这样的男人遇到懂得他们欣赏他们的贵妇，就是伟大的爱情或者友谊，如果遇到平凡而俗气的女人，对双方都是灾难。 所以，我给那个痛苦中的女人的建议非常简单——如果你喜欢的是越野男的越野气质，你就不要抱怨他不省油。越野车就没有省油的，你想省油，应该挑经济适用型的。这个道理很简单，如同你喜欢藏獒，你会让藏獒给你赚钱吗？不会吧？应该是你赚钱养藏獒吧？所以，你养个鸡，鸡不下蛋你抱怨，你要养一藏獒，你就不能指望它像鸡一样定时下蛋，如果你养的是东北虎，你就更不能以赢利为目的了。当然，假如你说你不喜欢藏獒也不喜欢东北虎，还是喜欢能下蛋的鸡，那是另外一回事。

如果你喜欢的是越野男的越野气质，你就不要抱怨他不省油。这个道理很简单，如同你养个鸡，鸡不下蛋你抱怨，你要养一藏獒，你就不能指望它像鸡一样定时下蛋。

没有只涨不落的股市,
就如同没有一帆风顺的婚姻。

"媳妇观"

人的世界观、人生观、价值观统一被称为"三观",上学的时候,老师告诉我们,顾名思义,世界观是对世界的看法,价值观是一个人的价值判断,人生观则被认为是对人生的看法。一般来说,有什么样的世界观就有什么样的人生观,有什么样的人生观就有什么样的价值观。但人分男女,作为女人,除了这"三观"以外,还有一项很重要的"观"——"媳妇观"。

你要做一个什么样的媳妇?这个问题,对于大多数现实生活中的女性,都很重要。电视剧《妯娌的三国时代》里讲了三个不同的媳妇,她们的人生迥异,细究起来,是因为她们有着不同的"媳妇观"。

老大媳妇属于六零后,四十多岁,保险业务员,她持有最传统的媳妇观——她没有自己的生活,她的生活就是丈夫老人孩子,婚姻是她的全部,她没有远大的志向,她的志向就是要把自己有限的人生投入到无限的为家庭服务中去。为了实现这个目标,她吃苦耐劳,为了家庭可以奉献一切,牺牲一切。虽然她嫁的男人受教育程度不高,工作也普普通通,但是她嫁鸡随鸡嫁狗随狗,在她的"媳妇观"中,她是这个家的老大媳妇,长嫂如母,所以她有义务照顾这个家,包括省吃俭用帮着老大一起供养弟弟上学,她觉得这是做大嫂应该做的。但正是因为她做了传统大嫂应该做的,所以她希望得到传统家庭中大嫂应该得到的尊重——比如,老太太百年以后,家产应该给她——她照顾老人最多,照顾家庭最多,对家的投入最大,贡献最大,她说了一句话,我不是要钱,我是要公平。我为家付出了一生,但最后你们说那是你愿意,谁让你没有别的本事,这就不行,因为你们这么做,让我的人生失去了意义,我一生的目的就是要做个全心全意为家庭服务的好媳妇,你们不认可我这一点,就是不认可我的整个人生,而人的生命只有一次,我又不能从头活一遍。所以老大媳妇尽管经济不富裕,但拼死也要给女儿一个好的教育,老大媳妇并不是希望女儿有多么出人头地,她只希望女儿能有自己的人生,像老二媳妇那样,有自己的事业,还有老二那样的男人宠爱,并且公婆还高看一眼,平常都不做家务,去婆婆家偶然洗个碗,婆婆都得拉开架势夸足时长。而她天天伺候公婆,买菜做饭,偶然有一次公公住院送饭怠慢了,婆婆还要不高兴。

老二媳妇是七零后,三十多岁,电台主持人,她持有现代"媳妇观"——她有自我意识,追求自我实现。对于她来说,婚姻是因为爱情,而和一个人结婚,并不意味着从此要放弃自己的一切。尽管婚姻是生活中很重要的部分,但对于一个受过很好教育、教授家庭成长起来的女儿来说,她的人生除了婚姻还要有其他的部分,比如事业。她到人世间的目的不是仅仅嫁个人,做个好媳妇就可以满足的,仅仅得到公婆或丈夫的认可对她是不够的,她还要自我实现,追求自我价值。所以,她不肯早早生孩子,因为电台有规定,主持人怀孕一律不能做直播节目,所以她想等自己地位巩固了再生;她也不愿意浪费时间去做家务,老公有钱,自己又从事着光鲜亮丽的职业,她为什么要入得厨房?她出得厅堂就可以了。公公病了,大嫂号召全家排班儿,她就说出花钱请人,钱她出——理由是她要工作,不可能晚上去陪床,白天上直播,万一直播的时候脑子不转说错了怎么办?于是,闲话就来了,尽管丈夫还是宠爱她,但是,大嫂会说,娶这样的媳妇干什么用呢?生孩子不生,照顾老人又不照顾,就是生得漂亮,做个主持人,主持能主持一辈子啊?说得多了,工作又忙,老公又优秀,一个没看住,被小姑娘插了足……

老三媳妇是八零后,二十多岁,独生子女,富裕一代,没有受过什么太多的苦,也不大懂得生活的艰难,从小爹妈就是宠她爱她由着她性子的,所以她理所当然地觉得自己是中心,我行我素随心所欲,她喜欢男人把自己当公主,围着自己转——她并不是坏,她只是不懂事。她第一次去婆家,发现婆家人并不太认可自己,但对她保持着必要的礼貌,当即就发飙了:"我知道你们不喜欢我,你们何必要装作喜欢我呢?我只为自己活着,我活着就不是为了讨别人喜欢的，你喜欢我，谢谢，你不喜欢我，拉倒！"她脑子里根本就没有那种"我还没过门儿呢，我要是惹得男朋友的家人不高兴了，人家万一不娶我可怎么办"的想法——她才二十出头，她就是要找一个疼她疼她疼她无条件无原则疼她的男人！哪怕她和他的家人翻脸、都依然疼她的男人。

虽然说"媳妇观"不像世界观人生观价值观那样对人的影响深远，但是，对于女人而言，无论是已婚还是未婚，都相当重要。可以说，你有什么样的"媳妇观"，你就会有什么样的婚姻生活，虽然我们无法预料未来，但假如你抱怨生活庸俗，可能是因为你的"媳妇观"庸俗——如果你想改变，就从调整一下你的"媳妇观"开始吧。

如厕与出轨

有人在网上写文章，大意是说：男人出轨，你就当他是上了趟厕所，没什么大不了的。我看了，很想问问那写文章的兄弟：假如你跟人结婚，他一天到晚有事没事总在厕所待着，你烦不烦？

大部分女人，无论优秀还是平凡，漂亮还是普通，一般情况下是不会断然选择离婚的——假如男人出轨真像去了趟厕所，不就是一个大小便功夫吗？即便是便秘，又能多长时间？可问题是，有几个男人出轨会像上厕所那么快？除非这些男人能跟诺贝尔文学奖得主奈保尔似的，他的获奖感言是：感谢那些为我提供过性服务的妓女。

他的理由是他是作家，必须把注意力集中到创作上，但他又有生理需要。他不愿意为此浪费宝贵的时间和精力，况且他觉得仅仅为了"解决问题"就对女人甜言蜜语承诺未来是不道德和不负责的，因此他宁愿找妓女。

据说奈保尔有老婆，且夫妻关系还成。我阴暗地猜测，奈保尔老婆之所以能接受，大概是她想：咳，不就是半小时的事儿吗？

比我烫个头发还快！

那天看两篇文章，一篇是历数跟贝克汉姆有一腿的女人，另一篇是跟克林顿有一腿的，贝克汉姆有几个我忘记了，但克林顿好像是有五个，其中最著名的是莱温斯基。那两篇文章表达的主题差不多，大致意思是说，贝克汉姆还是贝克汉姆，克林顿还是克林顿，他们的老婆照样风头强劲，而且还更在人前人后甜蜜蜜，而那些跟他们有一腿的女人，也就是一腿，或者两腿，完了就完了，现在谁还提她们呢？

其实，我以前常拿辣妹和希拉里做榜样，教育那些遭遇老公出轨的姐妹：人嘛，谁不会犯个错？原谅吧。有什么了不起的？别不平衡啦。你看看辣妹，比你漂亮多少倍？还是著名歌星呢，人家都没不平衡，该爱老公爱老公该生孩子生孩子，自己的老公，自己不原谅谁原谅？你要是觉得伤面子伤自尊，那就想想希拉里，全世界都知道他老公搞破鞋的详细细节，但凡这人有点自尊心都受不了吧？可你看人家，跟没事儿人似的，带着老公全美国演讲，还信心十足竞选总统呢！

众姐妹说，你以为我们不愿学辣妹、希拉里，可咱男人没那么高素质，你越学，他越蹬鼻子上脸，还以为你离不开他！

呵呵。女人都是水做的，遇上混蛋男人，才会变成混水。

所以，当男人跟我抱怨，你们女人怎么就不能跟辣妹、希拉里学的时候，我会说，您先学学小贝、克林顿，哪个不是先道歉先认错，然后加倍哄着陪着关心着挽着老婆胳膊满世界秀恩爱，否则，您出了轨，回来还跟立了头功似的，您老婆就是想学辣妹、希拉里，您也没给她机会啊！

原来男人喜欢这样的女人啊

饭局上，一姑娘兴奋地跟我说，男人原来都喜欢——就是那种生活作风相当随便的女人。我问哪个男人跟你说的？她说高晓松。证据是他写的一篇短文，题目叫《如果我是女的且长得好看，我这样成长；如果我是男的，我要这样长大的女人》。

我于是特意买了本《如丧》——原来男人喜欢这样的女人啊——从初中起就跟各路男性眉来眼去，"但绝不让他们丫碰一下"；然后，用整个高中谈一场刻骨铭心的恋爱包括但不限于拥抱狂吻抚摸缠绵各种琼瑶各种金庸，但绝不古龙即不做爱！直到考上相隔千山万水的两所大学，执手相看泪眼，互相说"你是我今生的最爱"，并且坚决拒绝他做爱的请求。然后，浓妆上街，把第一次给了陌生人；然后大一（十八岁）"征服大学里最拽的男生"，大二（十九岁）"给四五十岁有钱的老头当二奶"，大三（二十岁）"不想恋爱了，出去混——大款大腕大哥大官"，喝酒唱歌跳舞喝酒，"有时也会跟喜欢的人回家，但跟谁都不会超过三次"；大四（二十一岁），大学最后一年了，报个托福GRE班，开始读书，顺便挑一个清华的研究生，有能力有责任感的那种，"帮她办好一切"；二十二岁，跟清华男去了美国，清华男对她各种好，但她还是离开了他；她跟老外谈恋爱，然后研究生毕业了，嫁美国白领，生混血宝宝，做全职太太，然后，找个茬，离婚，然后，该得到的都得到了，然后她才二十五岁！

饭局的姑娘巨兴奋，几天后，特意又来约我喝茶逛街，要听我读后感。她滔滔不绝："我以前怎么从来没有想过要这么过一生？我妈从小学就逼我读书，数理化一路拼上来，然后按照她的要求，找了一个有上进心的男朋友，现在成天出差忙工作，连聊天都没时间，吵架都见不着面，只能在微博上喊话——都是女人，咋就差别这么大呢？！是不是男人觉得我这种女人太好搞了就不珍惜？我要是也一路搞上来，老的小的都搞过，各种情感经历都有过，是不是男人就会认为得到我这样的女人特有面子？因为，因为，因为，每一个男人都搞不定我啊！如果他能搞定，那肯定说明他比其他男人强啊！或者，男人会认为，我这样的女人，能有这么多男人为我——有钱的捧个钱场，有人的捧个人场，肯定说明我有过人之处啊，这就像一个饭店，如果越去的人多，生意就越好，越去的人少，生意就越差，是不是这个道理啊？唉，都怪俺娘，天天逼着我读书读书读书，都读傻了！读书为了啥？为了将来有个好工作，有个好工作为了啥？为了能有个幸福的生活！可是，可是，人家那种把读书当社交，从十六岁就琵琶弦上说相思的，二十五岁就孩子也有了，财产也有了，而且还拥有自由和未来，而且还有一大堆旧情人，而且还莫愁前路无知己……都怪俺娘没见识啊！"

我说："行啦，您能再好好读一遍人家高晓松先生的文章题目吗？再好好读一遍！人家说的是——《如果我是女的且长得好看，我这样成长；如果我是男的，我要这样长大的女人》，注意到了吗？人家特意强调了"且长得好看"！如果您长得不好看，人家是不买账的！旧社会多少女孩子从十六岁就青楼楚馆酬唱应答，但有几个真能艳帜高张如李师师苏小小？感谢新中国吧，让你上了学读了书能靠勤劳的双手赚钱，真靠张开双腿，您不见得活得比现在好！"

姑娘愣了很久，忽然很不服气地问我：那就是说，如果长得好看，即使是破鞋，男人也喜欢啰？

我不是男人，真不知道。也不认识高晓松，没处问去。

一次别离

她又找我哭诉,因为公公生病,丈夫四处借钱。已经都借遍了,跟她商量卖房,她坚决不同意。老公大发雷霆,说要离婚。

她说:把房卖掉我们住哪儿?

老公说:租!

她说:难道我们租一辈子吗?我们也会老了,我们老了怎么办?你想过没有?你把房子卖了,我们可能再也没有能力买自己的房子了!

他怒吼:房子重要还是我爸的命重要?

她说:人都是要死的,老爷子生的这个病就是治不好的!要是有钱就能长生不老,那秦始皇就不会死。

于是他要离婚!他说离婚,分割财产——房子卖掉,他拿走他那一半!

她让我去劝劝她老公,可这怎么开口呢?我只好先去医院,问医生,老爷子的病情。医生说:"这种病,就看家属想让他活多久了。想要他活得长一点呢,就多花钱。不想呢,就不花钱。"

我问:"那老爷子能醒过来吗?"

医生说:"这我说不好。医学上总是有奇迹的。不知道会不会在老爷子身上发生。"

我问:"那如果没有奇迹呢?"

医生说:"没有奇迹?你看到了,就是这样,躺着,一年光鼻饲就得三四十万!"

他和她都是工薪阶层,前几年买了房,拼了命把贷款还清,原本打算消停下来就要生孩子,结果遇到这么一档子事——事实上,她之所以不肯卖房,最重要的原因在于这个房子当初是她娘家赞助的。她对他说:"我妈妈希望我们过得好一点,才给我们付的首付款。"言下之意,我妈妈这个钱是给我的,是为了让我过得好一点的,不是给你父亲鼻饲用的。也就是说,这笔款是专款专用,你即便是我丈夫,你也没有权利动这笔款项,这是我妈给我的。

他不认同,对她说:"我们结婚了,你就是我们家媳妇,作为媳妇,公公生病了,你没钱就是去借也应该!"

她妈妈知道了两口子的矛盾,对女婿说:"我现在年纪也越来越大了,随时都会生病,你现在把钱都花给你们家老爷子了,连我给女儿做陪嫁的房子首付款都不放过,那等到我将来老了,万一生个病,你们没钱了,我不就得等死吗?"

女婿说:"我总不能看着我家老爷子躺在那儿不管吧?他就是不能说话不能动是一植物人,他也是我爸啊。"

总之,他就是认为她嫁他,她的一切都应该是他的,否则,她就是存了二心,存了二心,就说明她没想跟他同甘共苦,那他自然也不必对她恩爱。

她对我说,她真的挺恨医学的进步的——在她小时候,生活在农村的爷爷奶奶家,她不记得村里有什么老人去过医院,好些老人就是那么自然地过去的。过了八十,就叫喜丧。但现在医学进步得吧,把好些原本就该死的人,靠呼吸机停留在完全没有生命质量的人生末端,考验所有活人的道德水准——她老公已经不上班了,为了照顾父亲,她也基本没有家庭生活可言,每天,丈夫都在医院陪床。

她和他最终还是离了婚。她一想到她要赚钱,养家,养不上班照顾父亲的老公,还要养躺在床上哗哗花钱的公公,而且最关键的是,他还认为一切都是应该的,因为她嫁了他!她说希望离婚能使他明白,这个世界上没有谁是欠他的,他应该自己想办法解决他的难题,而不应该理直气壮地转嫁给她——是啊,如果没有婚姻,他父亲重病,她给他钱,他应该感激涕零吧?因为有婚姻,反而大恩如大仇,他甚至认为她去卖肾都是应该,因为她是他老婆,为了他,她应该万死不辞。

着落

　　这是一个五十岁的男人和一个十七岁女孩子的故事。男人不是富豪,也不算权贵,就是城市里一工薪阶层。有两套房子,一套是父母过世留下的,一套是单位分的福利房,有一份清闲的工作,单身,节俭,大约有一百万存款。女孩子十七岁,母亲是县城一小工厂的工人,家境贫寒,没有父亲。有热心人给这个五十多岁的男人张罗媳妇,就介绍了母亲给他认识。男人虽然没有看上母亲,但是答应她把她的女儿带到城市来读书。于是一来二去,五十岁的男人和十七岁的女孩子产生了感情。

　　故事就算到这里,也无可厚非,但是,令我大跌眼镜的是,男人希望这个女孩子不要考大学了,就和他过日子就好。女孩子自然觉得相对于高考寒窗苦读来说,跟五十岁的老男人在一起更轻松愉快。女孩子的母亲从县城赶来,跟老男人商量:能不能让女孩子参加一年高考?如果考不上,就结婚生孩子。老男人不同意,理由是:你让孩子考大学的理由是什么呢?难道不是为了让她幸福吗?那女孩子的幸福是什么呢?现在,她和我在一起很幸福,你却非要她去考大学,考了大学读了书又怎么样?一定能找到称心的工作吗？一定能找到爱她的男人吗？现在多少大学毕业工作也努力的女人，嫁不出去，错过了婚姻，错过了最佳生育期，错过了幸福，你为什么要你的女儿这样呢？

我在饭桌上听到这件事，怒不可遏。我说这个老男人就是不要脸。人家女孩子十七岁，根本没有见过什么世面，淳朴单纯，他凭什么啊？结果在座所有的男人都问我：难道五十岁的男人就没有追求幸福的权利吗？人家为什么不能喜欢十七岁的姑娘？又没有强迫，是十七岁的女孩子也喜欢他。

我说这个十七岁的女孩子根本还不知道人生是什么！她的世界观人生观根本没有形成。她之所以读书，可能是因为母亲告诉她，如果不读书，就没有出路。所以她只好咬紧牙关去背元素周期表，去搞清楚三角函数，立体几何，牛顿三大定律。但是，现在有一个老男人，告诉她，不知道二价铁和三价铁的区别，不知道《岳阳楼记》和范仲淹的关系，甚至不参加高考，都可以同样得到幸福，她可以跟着他，他会陪伴她，安慰她，照顾她，拉着她的手去菜市场买菜，做了饭给她吃，那是多么温馨又朴素的日子啊？闪耀着"平平淡淡才是真"的光芒。

女孩子的母亲对老男人说，她并不反对女儿和他的事情，只是女儿年纪还小，能不能先读书，如果考不上大学，再过小日子也一样啊。要是考上了，你们是真爱，她上完大学一样可以和你生活啊。

老男人说：为什么最美好的年龄要用来读书呢？而且如果考上了，还要再读四年。我已经五十了，你让我等吗？

我对这个母亲的想法简直感到匪夷所思——这个男人太自私了！怎么可以让女儿找这么自私的一个男人？是亲妈吗？

朋友告诉我说：真是亲妈。她因为受了太多的苦，太多的艰难，而且知道生活的不容易，所以她才会认真考虑这个自私的老男人。因为她觉得女儿在十七岁的时候找到这么一个老男人，至少不必像她那样为了生计糊口而起早贪黑了。再说，老男人没有家，将来所有的一切都是她们娘俩的，因为老男人承诺，只要结婚，将来他走了，两套房子全是她的女儿继承，老男人说：你们住一套，租一套，也够了吧？

十七岁，一个有梦想的年龄，一个应该起程去走更远的路看更多的风景的年龄，一个应该最不惧怕未来最勇敢最无畏的年纪，现在就因为两套老旧的房子，全放弃了。而且竟然一桌子的人都觉得这未尝不是一个不错的选择——对于一个贫寒家境的女生来说！

理由是：一辈子有着落了。

难道，对于女人来说，"着落"竟然如此重要吗？

有些男人就是毒品

她和他生活三十年,他是她的初恋、爱人、老公、孩儿他爸。他出轨那一年女儿高考,但他义无反顾,因为他去读MBA,认识了一高端女人——有钱,极有钱。她气得昏头,去警告那个高端女人,请她不要破坏她的家庭。被高端女人当场蔑视。之后,男人在高端女人的怂恿下,离开了家,半年之后,女儿高考失利,她和他离婚了。

她以为自己婚姻的悲剧是因为自己不够有钱。她的男人离开她的时候对她说:"你不能帮到我!"

哦,原来那个高端女人告诉她的丈夫,男人如果要想成就一番事业,就要找那些能够帮到自己的女人。古往今来,无数政治家、企业家、军事家、艺术家,走的都是这条道路。王子可以找灰姑娘,但是有才华有抱负却没有含着金汤匙出生的男人,如果想一展宏图,最好就要找公主或女王。

她把全部心力放到赚钱上。三年以后,她开上了奔驰,住上了别墅,这是没日没夜的三年,她的女儿当初高考失利,现在她可以送她女儿出国读书了。也就在这个时候,她的前夫回家了,一无所有，几乎是无业游民。他说他依然爱她。

那个高端女人呢？她更高端了，已经坐拥几十亿身家！她有过婚姻，也有孩子，她根本不想再有婚姻，为什么要有婚姻呢？而且即便是有，为什么要找一个快五十岁的老男人呢？她原本和他在一起，说穿了是想体验一下，一个男人为了她离开一个生活了三十年的女人的那种感觉！

前夫顺利地住进她的别墅，并且有了她所有房子的钥匙。她离婚并没有让周围的人知道，现在，他前夫常常陪她去应酬社交。她虽不如高端女人有钱，但和普通人相比，也算富了。她感觉很幸福，女儿在国外读书，老公溜达一圈又回到自己身边！她给他买了劳力士，名牌西服，男人要面子嘛！而且男人的面子也是女人的啊！他说要创业，她支持，当然支持，难道要说自己老公是无业游民？她给他找人，找关系，注册公司，要让他有身份、体面，她是一个有集体荣誉感的人。

一切都在往好的方向发展，就在这个时候，她偶然发现了他遗失在车上的手机，而且刚巧那个时候有短信进来。她看到了他和另外五个女人同时交往的信息，其中有一个竟然还是她认识的女人！这五个女人，从四十岁到二十岁不等。那些女人给她前夫发的短信，从文艺型儿的"我能感觉到总像有只手在拉着我"到荡妇范儿的"我要吃你的××喝你的×××"，她火了，怒了，跟那些女人打电话发短信，告知她们，她们所交往的男人在和她们交往的时候还同时和其他女人交往，结果收获了一堆谩骂——那些女人认为她是一个神经病！她怒不可遏，终于知道真相，原来，原来，原来，她的前夫一直拿她当挡箭牌，告诉其他女人，他的前妻离不开他，是神经病，只要他走，她就会跳楼自杀，所以他不得不陪在她身边，而他们所有的财富都是他的！

她哭着来找我，问我两个问题。

第一，为什么她的前夫要这么对待她？而且直到今日，铁证如山，前夫还跟她说爱她要和她一辈子在一起！她要赶他走，他竟然哭着给女儿打电话，说舍不得她和家！

第二，为什么那些女人明知道他的前夫和她生活在一起，却还和他前夫保持那样的交往？为什么那些女人宁肯相信他前夫编造的谎言即他留在她身边是因为她神经不正常他要走她就会死，也不愿意相信她所说的实话——他是无业游民，他每天都在网上勾搭女人，他去约会戴的劳力士开的大奔包括拿的手机都是她给买的！

我对她说，你的前夫是那种特别自私的男人，什么都得他合适。对于他来说，最合适的莫过于有你这样一个赚钱的老婆，他可以没有后顾之忧。不必工作，不必赚钱，却可以像有钱人一样去享受爱情，而且一旦要谈婚论嫁，又可以撤退到安全地带——他简直就是《简·爱》中的罗切斯特啊，在其他女人眼里，他富有，但痛苦，而且有一个疯老婆！

那么，男人为什么会这么无耻？

呵呵，无耻吗？你真的觉得无耻吗？那么，亲，能不能从你做起，从自己做起，离开他——把他赶出去，重新装修房屋，不接他电话，不听他解释，不跟他有任何任何联系？！

有些男人就是毒品，不能沾。如果不幸沾了，就必须强行戒掉；如果戒不掉，就不要问为什么他这么无耻还有这么多女人愿意和他交往，甚至明知道他有其他女人也愿意，因为，她们和你一样，都是不断地戒掉又不断地复吸……

一个"的哥"的爱情观

他现在开出租，1970年出生。爱聊天。他最辉煌的时代是他的初中，那时候他认识几个校外的"大哥"，说是"大哥"，其实也就比他大个两三岁。他那时候十四五岁，"大哥"十六七岁，没考上高中，或者高中毕业在社会上混着。

他和"大哥"们"刷夜"，就是整夜不回家，父母根本管不了。白天就在学校门口站着，看见低年级的同学，就对人家说："明天上学给我带两块钱，五斤粮票。"边上还有一个拿本记着的，初二三班某某某，两块钱，五斤粮票。"拿了钱就去吃饭，那时候东西都便宜，两块钱就能下饭馆，吃得挺好，粮票还可以换东西。"

我问他，那要是人家不给他呢？他说不给就打。我说那人家没家长吗？他说有啊，一孩子告诉他爸了，他爸就护送他上学，我跟校外的"大哥"一说，喊上两三个人，连爸一起打。真动起手来，四十来岁的男人，打不过十六七岁的，何况我们还人多。

派出所常去。因为是孩子，警察拿他也没办法，又不能拘留，只能批评教育。他也皮了，警察问他为什么打同学，他张口就说那同学耍流氓，在天坛公园亲女生，他看见了，说他不听，所以就打了他。

我问他有这么回事儿吗？他说有，但实际情况是，他们喜欢那个女生，所以想把那个男生给打跑了，把那个女生给弄过来。

我忽然很好奇，一个少年黑帮，如何就"沦落"到开出租？还有，当初声震中学门口的"大哥"，现在干啥呢？

他说：你想不到！他当初打架敢动刀子，动不动就往人脑袋上拍砖头，现在开一棋牌室，对谁都特和气，是好父亲好丈夫好男人，脾气好极了！娶了个练摊的老婆，骂他骂得那叫一个难听，当我们面就骂街，骂得我们脸上都挂不住，他都不生气，也不还嘴，笑呵呵的。

"为什么呢？"我问。这超越了我的理解能力，所有的婚姻专家都说，女人要在外人面前给老公面子，否则，离婚活该，被老公抛弃活该。

"的哥"解释，大哥娶的女人不是一个传统意义上的正经女人，在跟大哥之前，也是跟这个睡跟那个睡的，后来，想稳定了，就找了大哥；大哥之前也是阅人无数，碰到这个练摊的，也就想踏实了。他们弟兄也曾因为大哥的女人太不给大哥面子，劝过大哥，天下女人那么多，怎么就非得找个成天当着众人的面指着你鼻子骂"瞧你丫这操性"的悍妇呢？大哥跟他们说，这种生活真实。每天听着她锅碗瓢盆摔摔打打，就觉得是在过日子，心里边踏实落停。

"的哥"跟我说,他从十六七岁开始泡妞,到二十六七岁决定结婚,十年时间,也算阅尽人间春色,得出两个结论。第一个:男人和女人就是互相毁,被毁掉的,都是活该,不是真爱。所以,他打算告诉儿子,多谈几次恋爱,别太在意失败,重要的是经历;第二个:对男人来说,幸福就是找一个"爱你的"——女人如果不爱你,就不要去追她,如果她无聊空虚找你,其实就是拿你解闷消遣,以等待她的真命天子。

车到地方了,他少收了我两块钱的燃油附加费。我要给他,他说不用了。我下车,他抬表就走,还真是挺潇洒的,不差钱儿。

其实我挺想问他,如果时光倒流,他回到他的年轻时代,他还愿意重新过一回他的青春时代吗?还有,那些,他泡过的姑娘,如果时光倒流,她们会认为她们和他之间发生过的,那叫爱情吗?

真爱与提纯

一个男人有了外遇，老婆出离愤怒，质问他：如果你不是有钱，不是开奔驰，她会爱你吗？她比你小那么多！你要是一个蹬三轮的，你看他爱不爱你！

男人理直气壮，回击老婆，说：对啊，人家年轻漂亮，凭什么非得爱蹬三轮的不能爱开大奔的呢？

老婆说：可是我当初嫁给你的时候，你并没有钱啊！我是坐在你自行车后座上结婚的。

男人说：那是因为你当时找不到比我更好的！

话说到这里，已经算恩断情绝。老婆成了祥林嫂，每天要跟周遭的熟人无数遍追问：那个小姑娘是真爱我老公吗？如果我老公将来病了残了躺在床上了她会伺候吗？我老公为什么鬼迷心窍成这个样子，他难道不知道那个女人爱的不是他的人而是他的钱吗？

她义正词严地去警告那个小姑娘，要她离开她老公，哪里想到，人家彪悍地告诉她：第一，我已经明确告诉你老公，如果他不离婚，我们就不会再有任何发展，因为我不喜欢和其他女人分享男人，第二，你没有本事留住你老公，那是你的错，不是我的错，我无法阻止别人爱上我！

男人起诉离婚——亲戚朋友都来劝男人，无论怎样，你老婆总是和你过了这么多年，你何必做得那么绝呢？再说，那个小娘儿们是真爱你吗？她要是真爱你，为什么非得逼迫你离婚呢？你不离婚，她也可以爱你嘛！

男人说：她那么年轻漂亮，人家凭什么跟你混啊？你连婚都不离！像她那样的姿色，如果铁心做二奶，做小三，有的是男人愿意呢。

那么，她是真爱你吗？如果你离婚了，人家不嫁给你，你怎么办呢？或者嫁了你，过几年嫌弃你了，离开你，你能接受吗？真到那时候，你可就真的孤家寡人了，万一中个风，可是连个推轮椅的都没有了。

男人说，我不离婚，就有人给我推轮椅了吗？你能保证我老婆不会在我风烛残年的时候跟我翻这个旧账吗？

他最终还是离婚了，和那个小他很多的年轻女孩在一起。所有的人都认为那个年轻女孩对他的感情不纯，他说：其实在感情最初发生的时候，都是不纯的。或者是被外貌吸引，或者是被物质吸引，总之是没有无缘无故的。真爱实际上是一个提纯的过程，时间越久，纯度越高，就像有的老人过了一辈子，女的不美丽了，男的没有成功，都没关系，只要还能在一起。

我们说那你和原配妻子的感情，难道不是那种比较纯粹的吗？人家跟你的时候可什么都没计较你啊。

他说当初她是没计较，但结婚以后，计较得越来越多，你不赚钱不行，你光赚钱不陪她也不行，还动不动就说我嫁给你的时候我可什么都没有图，我每次听了都很难过，难道我一大男人浑身上下就真的一点都没有让你图的吗？那你为什么要嫁给我呢？你就这么贱吗？

唉，这话听得我呀，心里"哇凉哇凉的"。原来，女人和男人在一起的时候，什么都不图，反倒让他看不起，觉得你贱！如果你图他成功，图他有钱，图他可以改变你的生活，他都觉得骄傲与自豪，觉得你有追求！

花的心藏在蕊中

一男半年前相亲认识一女,表白牵手谈婚论嫁,预计年底结婚。男偶然发现女与其他男人的聊天记录,人家说想要找她那样的温柔女人做老婆,女友回复:其实我也有很野蛮的时候;人家又问:你野蛮的时候什么样?女友回复:冬雷阵阵夏雨雪……男如五雷轰顶,因为他的女友在他眼中心中从来都是很传统的,无论如何也想不到,她可以如此俏皮风趣地和其他男人琵琶弦上说彩云追月。

正在这当口,女友一把将笔记本电脑合上,微笑。男 hold 不住了,追问,女友闪烁其词,说就是聊天啦。男友要继续看,女友说:我不喜欢你这样啦,一点都不尊重我。

男友被倒打一耙,不爽,问:"我哪样啦?你尊重我吗?!"

女友眉宇生恨:"我都要嫁给你了,你还不信任我!"

男一口气窝在心口。总是受过高等教育的男人,不能一嘴巴扇过去吧?可是讲道理,人家的道理比他多,就一句"你为什么偷看我的聊天记录?",男人就要解释半天。我没有偷看,是你忘记关了,我刚巧想借用你的电脑收一下邮件。女的再说,我又没有说什么，是他追我对我有好感；男的回击，你既然知道他是追你，为什么不告诉人家你有未婚夫了，你年底就要结婚呢？女的反问：你怎么知道我没有呢？男的说，那为什么不让我看你的聊天记录？女的说：这是我的隐私，我希望我的未婚夫、男人、丈夫能够尊重我的隐私。

男决意推迟婚期。女友哭闹，说：我到底怎么了？是你错了，你侵犯我的隐私，看我的聊天记录，而且瞎猜……

男的说那么我冷静两天。女的说好，然后天天去看望男的父母，给人家端茶递水陪人家说话聊天，商议婚事的各个细节。男的疯了，如果他现在要取消婚礼，连他父母都觉得他太不是东西了——人家姑娘多好啊，多孝顺啊，多温柔啊，而且人家说了，喜欢小孩子，一结婚就生孩子。

男的跟朋友去喝闷酒，酒后吐真言：我并不是在意她有网友，也不是在意她和网友眉来眼去，而是她一直在我面前特别纯，特别传统，偶尔我和其他女性开个玩笑，她都要大大小小地"计较"一番，很女人的样子。我做梦都想不到她会和其他的人那样聊天——女友有别的男人喜欢当然是一件有面子的事，说明咱找的女人不差，但关键在于，她，她为什么不明明白白告诉人家马上就要结婚了？男朋友房子都买好了，而且还同意写上她的名字，我们是真爱？她为什么给人家留下那么多机会？

他一哥们儿一言道破：你是怕娶一个跟谁都风情万种，唯独在你面前特装特正的那种吧？你累死累活赚钱养家，她无限春风各种搭讪？

男人说我不懂她既然跟人家各种搭讪，为什么非要和我结婚？她就过她那种春风盎然自由自在的生活不就挺好的吗？

哥们儿说：亲啊，和你这样的老实巴交的技术男结婚，让你去赚钱，她去做风流多情小少妇，多好啊。

呵呵，张爱玲把女人分为两类，一类红玫瑰，激情如火；一类白玫瑰，柔情似水。其实，不完全，至少还有两类，一类是外表红玫瑰，但内心白玫瑰，看上去天马行空我行我素，但一般不会家里有老公外面骗人家是单身，因为她内心是白玫瑰；另一类则是外表白玫瑰，内心红玫瑰。在老公亲人面前，宛如处女，白得像一朵水莲花，不胜凉风的娇羞，在其他男人面前，则是"我想要怒放的生命，就像矗立在彩虹之巅"；而男人则往往误以为，女人外表的颜色就是她内心的颜色，其实，"花的心藏在蕊中"啦。

姑娘为啥爱"大叔"

廉洁和秋眉是电视剧《你是我爱人》中的两个年轻姑娘的名字,这俩姑娘在电视剧中分别喜欢上了两位大叔,一位是陈建斌扮演的蔺海强,是一个二手男人,离过婚,有一个儿子,儿子归前妻,自己有一个小工作室,不算有钱,但有文化,且耐心,尤其对刚刚走出校园每天都一堆人生困惑的廉洁,简直耐心极了;另一位大叔是张国立扮演的何春生,五十多岁,有钱,女儿在国外读书,老婆是老三届的插友,当年也曾是厂花,却因为爱情下嫁给一无所有的何春生,两人算白手起家苦尽甘来的中年夫妻。

何春生对于北漂女孩秋眉来说,相当于突然降临的"神"。秋眉小小年纪就到北京来混,住过地下室,住过大杂院,在碰到何春生之前,都没有住过有独立卫生间的房子,上厕所都要跑出两百米。然后,她碰到了何春生,何春生开着大奔,那大奔的光芒简直就是神的光芒,她主动了,而且完事之后,对有些惊慌的何春生说"我愿意的";她确实是自愿的,她之所以奋不顾身地"扑"上去,是因为她感觉自己不能错过这个男人,不仅因为他有钱,而且因为他能给予她一个不同的世界,从此,她有了疼爱她的男人，有了工作，而且在这个城市不再被别人撵来撵去，她明知道何春生有家，何春生也明确告诉她自己不可能离婚，但她还是乐意——这让何春生感动，一个比自己小那么多的姑娘，什么都不图，连婚姻都不图，就是单纯地愿意和他在一起，他能不感动吗？他愿意加倍帮助秋眉，甚至许诺，将来秋眉如果有合适的男友结婚，他愿意送嫁妆。

何春生也问过秋眉，在北京这么苦，为什么还要留在这里，秋眉告诉他，因为她喜欢北京，北京有她的梦想，她愿意为自己的梦想而努力。这更加打动何春生，因为他想起自己年轻的时候，也曾渴望过得到他人的帮助。今天，他有能力帮助一个萍水相逢且年轻漂亮的女孩子，他觉得是个乐事，这个乐事要比他和生活了一辈子的黄脸婆干什么都快乐。他并不觉得对不起老婆，因为他没想过要离婚，他只是在偷偷地享受一段幸福——他马上就要老了，五十多了，前半辈子一直在打拼，总算够吃够喝不愁生计了，还奔什么事业？再说就是奔也奔不成乔布斯了。还是享受享受吧，趁还能动还能硬。在电视剧的结尾，秋眉离开了何春生，简单说，是因为她已经成长，她意识到了自己的价值，而且也意识到何春生不能再给予她更多，她一直是一个有梦的年轻女子，何春生只是她青春的一段插曲，她有自己的人生，有自己的梦。

另一个女孩子叫廉洁，独生女，小户人家的掌上明珠，从小就读书，大学研究生博士，有一个校园时代的恋人，一直以为生活就是这样，但是当走上社会以后，发现生活根本不是校园里的那样——从食堂到图书馆，从图书馆到宿舍，生活远比校园复杂，尤其当她遭遇到一系列现实问题的时候。比如，男朋友的老家不在北京，未来的婆婆希望她能和自己的儿子一起回到小城生活，老太太是为日后的生活着想，回到小城当公务员总比两人什么都没有在北京打拼要好。可是对廉洁来说，难道她读那么多年书，最后就是为了到小城市去给一个以前都不认识的老太太当孝顺的儿媳妇？她的梦想呢？更何况，她的男朋友，年轻的刚毕业的男孩子，刚刚走上社会，要把更多的时间花在工作上应酬上人际交往上，他没有时间也缺乏耐心听一个和他同龄的女孩子的烦恼。而蔺海强，一个"二手男人"，一个曾经有过一次失败婚姻的男人，一个曾经犯过所有年轻男人的错误的男人，出现在廉洁的生活中，他已人到中年，也没有斗志要去打出一片天地，他有的是时间，所以他可以很耐心地，不厌其烦地听廉洁讲述自己的各种遭遇，给她出主意——他不像何春生那样，给秋眉信用卡，但他给了廉洁更可贵的东西——时间。蔺海强的耐心和陪伴，让年轻的刚刚走上社会遇到很多挫折的廉洁逐渐找到自信，成就了自己。以至于有一天，廉洁发现自己爱上了这个闷骚型大叔——因为他一直是那个和她一起分担痛苦分享成功的男人。

很多人，看过电视之后，都问过我，秋眉和廉洁，她们和那两个老男人之间，到底叫不叫爱情？这其实是一个很深的问题，

女孩会何爱大叔？对年轻女孩子来说，可能在最孤独最无助的时候，有一个大叔，愿意呵护她陪伴她安慰她，也许那就是爱了。

没有只涨不落的股市，
就如同没有一帆风顺的婚姻。

因为关于什么叫爱情,爱情到底是什么,从古希腊到今天,无数的哲学家文学家甚至科学家都做过探讨,上百度随便查一查,关于爱情的解释,有好几十页。也许,不同的人对爱情的理解是不一样的,对年轻女孩子来说,可能在最孤独最无助的时候,有一个大叔,愿意呵护她陪伴她安慰她,那就是爱了。而相当多的中国男人,在年轻的时候,就像廉洁的校园恋人建军一样,要奔事业,奔前程,不如大叔型的男人比如张国立扮演的何春生"有钱",也不如陈建斌扮演的蔺海强"有闲",而当他们有一天终于混成"何春生"或"蔺海强"了,他们又已经是大叔了——就像有一句歌词:How many roads must a man walk down,before you can call him a man?

新玩偶之家

　　一个女孩子，家境贫寒，十九岁的时候认识一个年长的男人，那男人对她无比体贴关心，不仅为她的所有生活买单，而且即便是她家里的麻烦事，也都责无旁贷。她毫无悬念地被他俘虏，那时她刚上大学二年级，之前没有任何恋爱经历，她想这就是爱情了吧？所以尽管同学都看不起她，认为她傍大款，但她不在意。他使她从一个丑小鸭变成了一个骄傲的公主。

　　她后来考上研究生，想着将来就嫁给他，给他洗衣做饭生孩子教育孩子长大，她二十四岁了，也该考虑这些事了，他比她大九岁。就在这个节骨眼，她偶然发现他的另一面——他竟然在婚恋网站一直有注册，跟人家搭讪，搞一夜情，搞过之后就再不搭理人家。她心中的完美男人竟然是一个花心大盗。她的世界崩溃，跟他吵跟他闹，他解释说这是男人的天性，他真正爱的要结婚的女人是她。他向她道歉，即便在她搬回学校宿舍之后，他依然找她，依然说无论有任何事情，他愿意帮忙，依然给她信用卡。

　　女孩子问我她应该怎么办？

　　她能怎么办？从现实的角度讲，她从十九岁就跟了她，她的世界只有他,她离开这个男人,能顺利找到工作吗?能轻而易举养活自己和家人吗?就算她可以,靠她自己的奋斗,需要多少时间?她二十四岁,稍微奋斗个三年五载一不小心就有可能成为"剩女",然后再拼命相亲委曲求全?我猜她应该也想到了这一层吧?所以她说,她离开他之后又很想念他,况且他也道歉,她问我是不是可以原谅他?但又担心他万一恶习不改,万一有一天他找到更年轻更合适的,换掉她怎么办?到时候她如果三十了,不是更惨?她左右为难。

我也感到很为难,因为我确实知道有一种男人,他们喜欢玩偶,像养个小猫小狗小宠物一样养着女人,如果你能接受,那么这种婚姻也不失为一种婚姻,至少你不必自己出去找食儿了。但假如你不能接受,就像你家养的宠物狗,离开你跑到大街上,你认为它的命运会比在你家更好吗?

有一出著名的话剧《玩偶之家》,易卜生写的,按照百度百科的解释:"主要写主人公娜拉从爱护丈夫、信赖丈夫到与丈夫决裂,最后离家出走,摆脱玩偶地位的自我觉醒过程。"

娜拉的出走,曾被很多人誉为妇女解放的《独立宣言》,但是,鲁迅先生却专门写了一篇《娜拉走后怎样》——"从事理上推想起来,娜拉或者其实也只有两条路:不是堕落,就是回来。"

当然鲁迅先生没有生活在今天,今天的娜拉还有另一种选择,她们在弱小的时候,依靠男人壮大自己,当羽翼丰满有能力选择生活的时候,再重新选择,这种办法尽管从道德上讲不如自力更生艰苦奋斗,而且会有无穷隐患,但新一代"玩偶"已经开始了——这个二十四岁的姑娘最后会选择哪条道路呢?是堕落?是回来?还是新玩偶之路——用你的钱用你的人脉用你的关系发展壮大自己,然后有一天,权力转换——那时我已是成熟独立的女性,而你不过是个老男人,咱们过不过,怎么过,是我说了算而不是你说了算!

那些外遇者教我的事

男人有外遇，跟老婆不好有没有关系

一个男人告诉我，男人有没有外遇，跟老婆好不好没有必然联系。有的男人娶一悍妇，动不动就河东狮吼，两口子打打闹闹白头到老；有的男人家有贤妻，色艺俱佳，却在外面偷腥乐此不疲。所以，女人发现男人有外遇，追问男人我到底哪里不好，其实本来不是你的错，但是你非要追问，他只好找你的错了——如果你温柔，他就说你沉闷乏味；如果你不温柔，他正好说你不够女人；总之，你要他找你的错，他总是能找到。你有工作，他说你忽视他，你没工作，他说你不上进。

我认识一个男人，有过两次婚姻经历，两次都是因为外遇。第一次，他年轻，他妻子也年轻，俩人比翼齐飞，妻子比他飞得高了些快了些，他就外遇了，跟公司的一个临时工。妻子勃然，质问他，他振振有词，因为你给我压力太大，我没有做男人的感觉。我娶一老婆，每天提着LV世界各地地签合同，我回家连口热饭都吃不上……

离婚，跟了临时工。天天有热饭吃，但又外遇——理由是，男人又不是猪，这辈子就混口热饭吃吗？我就没有点自由吗？

这种男人吧，还生活在宋朝，家里有几房媳妇，时不时还可以去秦楼楚馆依个红偎个翠，一夫一妻怎么都不成，你是海参鱼翅吧，他思念大排档肉夹馍，你是肉夹馍大排档吧，他又惦记海参鱼翅私房菜。而且他们自己还委屈，并不认为偶尔换换口有什么错。他们会对老婆说，我又没有真想和你离婚！

男人有外遇，女人忍管不管用

很多人会说，男人有外遇，只要做老婆的大度一点，忍一忍，熬一熬，小三是熬不起的，把她熬成黄脸婆了，她就会跟你的男人气急败坏，你的男人就会离开她了，就会说还是你好。然后你们就可以笑傲江湖，缔造爱情的神话——你还可以做出胜利者的姿态，逢人就说，我们的婚姻的确经历过考验，但事实证明，真爱无敌。

呵呵，其实，有过外遇的男人会告诉你，他最终离婚不离婚，实际上跟老婆忍不忍关系并不大。你再能忍，能比鲁迅先生的原配朱安还能忍吗？忍了一辈子，忍到最后，鲁迅先生还是跟许广平女士一起生活，朱安的临终遗言是：待他再好也没用。

有一个男人，外遇无数，老了，对独生女儿就一句话：如果你结婚，发现老公有外遇，一定要在第一时间就大闹，如果他承认错误，可以继续生活，但要提要求，比如钱、手机、邮箱都要跟你的绑在一起，联合国对恐怖国家尚且要"核查"，你对已经有外遇且被你抓到的老公怎么可以姑息？姑息只能养奸！

这是他的生活经验——女人对男人越大度，就越给男人机会去培养婚外恋，如果男人最后回来，可能是外面那个女人也没真心想跟他过；如果人家俩越处越好，那就要商量转移家产了，完了，你愿意离就离，反正只能分你看得到的东西了，如果你不愿意离，那你就守个空房，我愿意回来就回来，不愿意回来就不回来，你连哭闹都摸不到人了。

女儿说要是我太不依不饶了，他不跟我过怎么办？老爸说：要是你年轻漂亮的时候都管不住你老公，你指望你人老珠黄的时候还管得住他吗？你要打算忍，就要忍一辈子，而且还得人家肯给你机会让你忍！看上去，是你熬走人家小三，实际上是小三消费了你老公本来该属于你的时间，钱，还有性，完后人家找一高枝飞了，把用剩的男人还给你！你赔大了！

男人有外遇，会对老婆更好吗？

有一种男人，对孩子好对老人好对老婆也体贴温存，甚至连夫妻关系也没什么可说的，可就是有婚外情，被发现就要断，但过一阵又发现根本没断。

有一个妻子给我写信,她老公经常教育她:男人喜欢新鲜异性是天性。做老婆最重要的就是要建立一个和谐稳定的家,让孩子在这个家里健康成长,这样,男人就不会轻易离开这个家。如果女人一味要求男人绝对忠诚,那么等于是让男人违抗自己的天性,男人被逼急了,只好离婚。所以聪明的女人,应该了解男人的天性,顺着男人的天性,允许男人犯男人的错误,男人是永远不会和这样的女人离婚的。

当然,她老公是有婚外情的,而且一直不断。她的问题我请教了多位男性,这些男性都属于既被女人伤过也伤过女人的——他们一致认为"最毒妇人心",如果都说天性的话,母狗的天性也不是在窝里带狗崽子,她们发情的时候,也是逮谁跟谁的。多数女人之所以不像母狗那样,一方面是因为进化得比较好,另一方面是因为几千年来,"沉塘""骑木驴"把那些进化得不太好的"女人"给淘汰了。但男人为什么敢大言不惭地说"天性"呢?因为除了建国初期到改革开放之前,那时"生活作风"以及"流氓罪"是要付出惨痛代价的,其他时候,男人多找几个女人都不叫事儿,很多男人的爷爷那辈儿还是三四个老婆的,所以他们的观念停留在爷爷那辈儿——他们觉得老婆是荣誉称号,能多置办几个小老婆,说明自己有能力。

所以这种男人,他们要一个女人做"老婆",实际上就是"孩子妈",给他免费带孩子,教育孩子,伺候老人,他不会跟这样的女人离婚，因为能占到"婚姻生活"的便宜，他们自己可以省出时间精力去干别的，包括"发展天性"，而把相对枯燥而烦琐的带孩子照顾老人等家务事推给你，然后到老了，等身子空了钱包也空了，玩不动也没人愿意跟他玩的时候，他就回到家里养老，再说一些"那些都是玩玩的，真爱只有一个，就是你"。我不知道有多少女人愿意这样过一辈子——自己丈夫最好的时光都是在跟别的女人"玩玩"中度过的，而你是他的超级备胎，他准备了给自己养老用的？

当然这是愿打愿挨的事。如果双方乐意，大家约好了，男人在老婆默许下婚外情，并因此更卖力地讨好媳妇，以报答媳妇的大度，这也算相安无事，只是，有的男人没有那么厚道，他们在婚外情没有落停的情况下，不能轻易后院起火，赶上这种一点亏都不吃的"精算师"类型的男人，女人就得加个小心了。因为人家可能跟你"玩私奔"。玩私奔的最大好处是"不似离婚胜似离婚"——因为没有离婚，你们的所有财产不必分割，你照样是他法律上的妻子，有给他带孩子的义务以及赡养他家老人的责任，而他呢，则可以潇洒走一回，想跟谁奔就跟谁奔，想奔哪儿去就奔哪儿去——跟真正离婚相比，你的义务一点不少，但单身的自由你却没有，你连上网找对象都不成。因为你还没离婚呢！

男人的捷径

男人，年轻，俊朗，出身卑微，不名一文，但渴望荣华富贵抱得美人，有什么捷径呢？

在文学史上，有三位帅哥选择了类似的捷径，但因为他们性格不同，所以结局完全不同。

第一位帅哥，于连，司汤达《红与黑》中的主人公，他是木匠的儿子，但厌恶一切体力劳动，整日抱着书本，因为能把一本拉丁文的《圣经》全文背诵下来而轰动全城，被市长聘请为家庭教师。市长是全城最有钱的男人，他的妻子是全城最漂亮的女人，于连首先跟市长夫人发生了关系，因此改变了命运，被送到神学院进修，不久，于连遇到名门之后爱玛特儿小姐，考虑到"她能够把社会上的好地位带给她丈夫"，便热烈地追求她。在他以为一切就要得手的时候，得知市长夫人竟然给爱玛特儿小姐父亲写信揭发他们之前的关系，他怒火中烧枪杀市长夫人，但市长夫人命大没死，四处求人为他说情，而爱玛特儿小姐也为营救他昼夜奔波，不过，于连对这一切毫不领情，公审的时候傲慢之极，最后，在一个晴朗的日子里，上了断头台。

第二位帅哥，吕西安，巴尔扎克《幻灭》中的虚荣贫寒外省青年，他不顾一切攀上当地颇负盛名的"社交王后"德·巴日东太太，与之私奔到繁华的世界巴黎，希望能在上流社会大施拳脚，他缺乏意志和耐心去走艰苦却清白可靠的道路，他渴望一步登天但他又缺乏作恶的胆量和能力，德·巴日东太太随之抛弃了他。尽管，吕西安各种想出人头地，但最终一事无成自寻短见。

第三位帅哥，即是莫泊桑笔下《漂亮朋友》中的杜洛瓦，同于连和吕西安相同，他有一张漂亮的面孔，且出身寒微并野心勃勃，但不同的是，于连和吕西安都是失败者，而杜洛瓦是成功者，他通过搞定那些嫁给有身份有地位的女人，一路平步青云。在女人眼中，他是个"漂亮朋友"——他发现寡妇玛德莱娜与政界人物关系深厚，于是大胆求婚，使自己顺利当上报社主笔，同时又勾引报社主编瓦尔特的妻子，巩固了自己的业界地位。最后，他又设计成功离婚并甩掉瓦尔特的妻子，娶了瓦尔特的小女儿苏珊。在杜洛瓦盛大的婚宴上，教士向他祝福："你们是世间最幸福的人，你们最为富有，也最受尊敬。特别是您，先生，您才华超群，并通过您的文字而给芸芸众生以指点和启迪，成为民众的引路人。"小说的最后，莫泊桑写道"谁都能预料他一定能当上议员和部长"——这也是瓦尔特不顾妻子反对，明知道杜洛瓦卑鄙无耻，依然肯把女儿嫁给他的原因——我猜，如果莫泊桑是中国作家，肯定会被读者骂死——三观不正确啊，这样一个无耻的靠吃软饭为生的男人怎么能事业美人双丰收呢？如果《漂亮朋友》不是英国电影，而是中国电影，肯定也要被观众骂死——负能量啊负能量，如此不择手段冷酷无情靠取悦女人达到目的的男人怎么能飞黄腾达获得成功呢？作者到底想传递什么？社会责任感在哪里？

其实，我也常常在想，为什么都是帅哥，都是吃软饭，但有的就吃成了"于连"，丢了脑袋，有的就吃成了"吕西安"，身败名裂，而有的就吃成了杜洛瓦，飞黄腾达？这就像都是当情妇，罗丹的情人卡密尔死在疯人院，而可可·香奈尔不仅缔造了自己的时尚王国，而且还被《时代周刊》评为二十世纪影响最大的一百人之一？

失恋要趁早

著名才女张爱玲曾经说过一句著名的话：成名要趁早。

其实，何止是成名？失败、失望、失恋也是要趁早的——而且是越早越好。成名这种好事，不见得每个人都会碰上，但失败失望失恋这种倒霉事，很难不碰到，除非您是睡美人，在十五岁的时候被纺锤刺了一下，还没来得及感觉到疼，就熟睡一百年，一醒来，身边正好有一位又帅又痴情的王子，得，江山可信，良人可靠。

可是咱们一般人哪有这么好的运气？

在我的博客上有很多大龄女子给我留言，学历不是本科就是硕士，个子一般都在一米六五到一米六八之间，五官端正，家境清白，收入均达到社科院规定的白领标准，但是二十六七了，竟然一次正儿八经的恋爱都没有谈过，她们很苦恼地问我：上哪里去找那个共度一生的爱人呢？

我问她们，难道从来没有男人追求过你们吗？

她们说也有，但那都是很久以前的事了。比如上高中的时候，上大学的时候，但都是没开始就结束了。理由很简单，她们很乖，不想随随便便就把初恋初吻交给一个毛头小伙子，更何况她们以学业为重，她们是家长的好女儿，老师的好学生。然后毕业了，她们到一个女多男少的单位，一年两年，见到的男人不是已经结婚的，就是可以做自己父亲的。我说可以找人介绍啊。她们说找谁介绍？办公室尽是女同事，单身的自己还在找，结婚的又舍不得把自己曾经的备胎介绍给你。她们既不肯上网，也不肯去婚介，这些地方让她们觉得丢人——她们一天大部分时间都耗在没有什么可能性的办公室，而即便不去办公室，也没有别的地方可去。她们问我：报纸上不是说男女比例失调吗？不是说男的比女的多三千万吗？那多的三千万在哪里呢？

有的时候，我也替她们觉得不公平，为什么那么多"婚外恋"的女人可以占有更多的资源，而她们却连一个都没有？跟一男人说到这件事，那男人说：这找对象谈恋爱就像买房子，你越想一次到位，你就越没戏。那些老找不到对象的女人吧，总想这一辈子就找一个，找到就是一辈子，这就不容易成功。你想啊，咱有几个人买房子是一次到位的？不都得先将就将就，等以后有钱了，咱再买更好的，而且越买咱越有经验。可她们呢，非要一次就买一个一百八十平米的，还不想贷款，还不想买二手的，可是这青春比钱还容易贬值呢，本来还可以买一个两居室，混到最后连个一室一厅都买不上了！

想想也是。好女人上天堂，坏女人走四方。失败是成功之母，坏女人在跟男人的交手中,百炼成钢,而好女人则只能给我写信,问我:那些未婚忠诚有责任感想找个好女人白头到老的男人在哪里?!

恋爱试用期

如果你打算跟我争论,女人为什么一定要结婚,为什么非得有男人爱才叫幸福,那么请你跳过以下文字。我这篇文章不是讨论女权的,我也反感以女人是否嫁掉作为衡量女人是否幸福的论据。

过去,如果谁因达·芬奇、牛顿一生未婚,而贬低他们的人生价值,这个人就是脑子进水;同样,现在,如果谁因为罗琳是单身妈妈,而嘲笑贬低她所写出的《哈利·波特》以及因此身家十亿超过英国女王,那么这个人就是白痴。五十四岁还能跳孔雀舞的杨丽萍有过两次婚姻,没有生育,她说:"有些人的生命是为了传宗接代,有些是享受,有些是体验,有些是旁观。我是生命的旁观者,我来世上,就是看一棵树怎么生长,河水怎么流,白云怎么飘,甘露怎么凝结。"——每个人对生命的要求不同,理解也不一样,正是如此,这个世界才多彩多姿。而我写这篇文章的目的,是为那些渴望爱情却不知道从哪里获得以及怎样获得的红尘中人,我希望有情人终成眷属。

我认识一些朋友,相亲无数,但无疾而终。尤其是女孩子,那些在上学的时候,品学兼优,数理化一路拼杀下来,如果当时能有一个校园男友，毕业之后结婚生子也就算现世安稳了，只是不能出一点岔子，稍微一出岔，毕业了，工作了，分手了，再想找一个，往往就很辛苦——她们应该是童话中的睡美人，在睡梦中，王子爱上她们，情不自禁亲吻她们，等她们一睁眼，一切都有了——王子，马车，婚礼，举国欢腾，普天同庆。这种童话般的爱情，现实也是有的，俗话说皇帝的女儿不愁嫁，但如果咱没有富可敌国的父王母后，这种睡美人式的爱情就不容易降临，平民女子能学习的对象，是灰姑娘，灰姑娘可是想尽办法跟恶劣的生存环境做不懈的斗争，最后还靠了魔法才千辛万苦地把自己送到王子面前——什么是魔法？魔法和骗人的区别在哪里？骗人是把假的说成真的；魔法只是没有告诉你为什么一眨眼空箱子里装满金币，为什么一挥手瞬间鲜花在指尖盛开。爱情不是骗人，但一般来说，懂得魔法的更容易些。这就是为什么你学习好工作好身体好，她不过是一个眼神，他便心有所动。

魔法是难学的，否则魔术也不会那么受欢迎。对于一般人来说，只是想找一段感情，人好，可靠，顺眼，彼此陪伴，相互牵挂。但问题是，怎么找到？上网，相亲，对于原本不熟悉的男女，怎么才能由不熟悉到熟悉到彼此喜欢呢？除非一见钟情，多数，即便是小猫小狗或者动物园的狮子老虎，到了发情期，还得想办法让它们多接触呢！

很多人很反感相亲，感觉相亲跟加班似的，很累；谁都不愿意太主动，怕掉价；而如果一方太主动，另一方又怕是否有企图，总之，很别扭。实际上，人和人的感情是需要处的，实践是检验真理的唯一标准，也是检验真爱的唯一标准。齐白石说"艺术妙在似与不似之间"，相亲也一样，刚见面就要允诺一辈子，态度虽认真，但用力太猛，除非遇到结婚狂；但太不认真，见面就开房，那除非您床上功夫好得上天入地。很多人都问我，那要怎么相亲？相亲其实不难，难的是相亲之后，谁先给谁打电话？再见面说什么去哪里？有了好感如何推进？其实，如果咱不会魔法，现学也来不及，倒不如大方一点，就像电影《我愿意》里的唐微微，大大方方地说：你可以追我。试用期三个月。

恋爱试用期，正好是"似与不似之间"，反正是试用嘛！一些在相亲的时候问容易让男人难堪而又是结婚后所必须要面对的问题，在试用期就可以轻松张口了。这是因为人和人之间的谈话诚意是需要环境和建立的，您如果没有一个恰当的谈话环境，不过就是一个相亲，之前双方又不熟，您问人家收入多少，家庭负担怎样，为什么到现在还没结婚或者为什么离婚，人家多少会有些障碍，他还不知道你是谁，就把自己的底儿全交给你，他得多缺心眼？但这些问题又和婚姻密切相关，所以在试用期，在感情逐渐往一块靠的时候，问就比较自然，也比较容易被理解。即便男人躲避，敷衍，甚至说："我的情况就是这样，结过婚，离过婚，你愿意咱就处，不愿意就算。"女孩也可以说："我问这些不过分！

我是要和你结婚的，不是跟你玩过家家。"这就像革命浪漫主义时期的假扮夫妻，因为是假扮，直接跳过了那些"你爱我吗""你对我有好感吗""你会跟我一辈子吗"的环节，反正我们是"假扮"，我们是"工作"，但"好感""愿意在一起共同工作生活乃至生死与共"的情感一旦产生，那就是真正的夫妻。现在我们是和平年代，没理由假扮夫妻，但可以大大方方地"试用"——如果你说，他要是不买账呢？亲，如果男人连三个月的恋爱试用期都不买账，那你完全不用在他身上浪费时间。

感情的信用额度

听一个男人讲他和藏獒的故事。男人讲得很动情，是在电视上。他说他的藏獒和他的感情非常深，首先只认他一个人，只有他可以摸，可以逗，别人是不可以的。其次，他的藏獒非常有灵性。有一次，他去新疆，玩了半个月，几乎是玩疯了，半个月之后，他回家，他每次从外面回来都是不进家门，先去看藏獒，那次也是一样，但他的藏獒那次却给他"脸色"，嫌他出门时间长了，不搭理他，他用手去摸，藏獒"吭哧"就是一口，他胳膊立马就青了，他当即给了藏獒一巴掌，说是一巴掌，也不是真的打，就是比划了一下。完了，当天晚上，饲养员就告他藏獒不吃东西了，连着两天，藏獒都一口不吃。他急了，是不是病了？饲养员说不可能啊，什么病这么急啊？藏獒一直是他喂，一直好好的，怎么他这一回来，反倒不吃东西了？男人想了想，明白了，搬了一小板凳，坐在藏獒的笼子跟前，跟藏獒认错，跟藏獒解释，从早一直说到晚，天都说黑了，藏獒不吃，他也不吃，就这么饿着，最后，天黑了，藏獒终于吃了……

这个深情的故事讲到这里，主持人接了一句：这可比女人难哄多了！

男人的回答是，它对我的感情不一样，它有灵性，从那以后，我一般只要有时间就陪着它。

我不认识这个养藏獒的男人，倘若我认识，我会问他，除了他的藏獒，这个世界上，他还能对谁这样？假如他在外面玩了半个月，进门儿，老婆跟那藏獒似的，也阴个脸不搭理他，没说两句就"吭哧"一口，他会怎么样？得离婚吧？得打架吧？得说这日子没法过吧？这么这事儿藏獒做就是灵性，老婆做就是不懂事？老婆还给他生孩子养孩子伺候他吃伺候他穿呢！藏獒吃他的喝他的他出门还得跟藏獒请假回来还得搬一小板凳坐人家跟前哄着？为啥呢？

后来跟一养狗的人说这事儿，那哥们儿想了半天，说了句话，感情这事儿吧，跟信用卡似的，感情深，信用额度就高，感情浅，信用额度就低，没感情，就只能借记，你得先往里存，然后才能消费，还不能透支。好多女人不懂这事儿，你跟男人那儿明明只有两万的信用额度，你非要刷五万的现金，人家能让你刷吗？藏獒在这事儿上就比女人强，人家跟主人的感情是一点一点建立的，从小的依恋，忠诚，朝夕相处，所以人家的信用额度慢慢地就累计得很高很高，所以就是有那么一次两次任性霸道不高兴耍狗脾气，主人也不会觉得他不懂事，反而会觉得他是对自己感情深，因为人家的感情到那儿了。如果你的感情没到那儿，你也这样，那人家就会觉得烦，完了，你还觉得备受伤害——就像很多女人问男人，为什么你不陪我，为什么你不给我打电话，为什么你晚上那么晚回家？说穿了，就是信用额度不够，如果他够爱你，他就会照顾你的感受，即使他迫不得已不能陪你，他也会给你补偿求得你的理解而不会掉头就去，留下你要死要活爱谁谁。

我想了想，觉得感情这事儿还真跟信用卡有点像。我一女友，老公犯了天下男人都会犯的错误，而且经常犯，常常犯，女友一次一次给他降低信用额度，直到有一天，女友对他说离婚，他错愕，说自己可以改。女友说你都改了很多次了。男人说，那你就再给我一次机会。女友拒绝了——男人不理解，她为什么每次都能原谅，而这一次却怎么都不原谅？呵呵，他不知道，她给他的卡被他刷暴了！

你们全家都是好人！

我一女友，三十出头，颇有几分姿色，因为一个腰缠万贯百病缠身年逾半白的中老年男人，死活要和青梅竹马的老公离婚。女友的亲娘当着女婿的面，一个大嘴巴子扇在亲闺女脸上，怒斥道：你是灌了迷魂汤，还是得了失心疯？这么大的火坑你也往里跳。别上当啦！

女友尽管脸上"五指山红"，但镇静自若地对亲娘说："如果说这是上当，这样的当我愿意上一万回。他已经送了我一套五百万的别墅，只要孩子生下来，亲子鉴定是他的，他就马上再给我五百万。我现在算是明白什么叫值当，值当值当，就是值得上一回的当！"

亲娘当即心脏病发作，一声不吭地晕了过去。

当亲娘醒过来的时候，以为自己已经到了天堂——住在酒店式的病房，所有医护人员都像翅膀收拢的天使，脚步轻轻，说话轻轻，亲娘从来没有受到过这种待遇。她一直有心脏病，女婿为了给她挂个号，半夜三更去排队，但即便是三百元一个的专家号，也没有这样的待遇。亲娘心里一想，就想明白了是怎么回事。

女婿拿着鲜花来探望,亲娘对女婿说:"你娶我们家闺女,吃了不少苦。我这常年身体不好,让你受了不少累。你对我们家的恩德,做妈的心里有数。可是,你看强扭的瓜不甜……"

鲜花掉在地上。

这女婿我们是知道的——为人忠厚,朴实善良,结婚六年,从来没有让老婆洗过一次碗,做过一次饭;岳父长期卧病,都是他床前尽孝,连岳母走个亲戚,也都是他鞍前马后地陪着。他对我们说:这一家人,良心让狗给吃了。

我们劝他,说你是个好人,这家人把你这几年也拖累得够呛,离了正好换个条件好点的。然后我们就分头给他张罗下家——哪里想到,多数是一听条件根本连见面都不答应,还有几个索性翻脸——你什么意思,给我介绍这么一个离婚男中年,要房没房要钱没钱要事业没事业,人好,人好有什么用?

到现在,这离婚的女婿也还单着,他自己最听不得的一句话,就是人家夸他是个好人,谁夸他,他跟谁急。有一次,他跳起来指着对方破口大骂:"你说谁是好人?你说谁是好人?你才是好人呢!你们全家都是好人,你们全家祖宗十八代都是好人!!"

良药如良妻

前一阵，我病得很厉害，下不了地，大约有二十多天左右的样子，急诊急救车120，然后是，抽血反复抽血，CT反复CT，B超反复B超，最后还做了极其昂贵的PETCT，但找不到病因。找不到病因，就无法治疗，而无法治疗，我就疼得死去活来，持续性的不间断的无时无刻的各种各样的疼痛——压痛、坠痛、绞痛、反跳痛、剧痛，痛到无法呼吸。

后来，我妈就把我接回了家——躺在床上，只能喝点米汤。我在医院连续一周粒米未食，滴水未进，全靠输液和吸氧。再后来，请了中医到我家来，中医把了脉，开了中药，中药很难喝，一天两服，大约喝了一周，能起床了，然后慢慢能下地了，然后，我就慢慢地能吃点东西了。

一个月之后，我能自己去医院看病了，再之后，我不疼了，呼吸也不困难了，食欲好得一塌糊涂，再再之后，我就开始嫌中药难吃，每次喝的时候都很痛苦，对中药再也没有之前的那种感情，反而对中医禁止我吃的比如生的冷的辣的以及各类海鲜充满了向往——尤其是冰淇淋生鱼片以及螃蟹基围虾香辣火锅。

我很纠结，一面是对我有救命之恩的中药，一面是对我有致命诱惑的美食。

恰巧，我的一个女友遭遇婚姻暗礁——找我哭诉，委屈郁闷悲愤——她在他最艰难的时候和他相爱，帮助他走过了人生的低谷，他现在飞黄腾达了，却有了新的女人，年轻漂亮小鸟依人型的。她问我：我到底哪里做错了？我为他找资金，找关系，帮助他鼓励他，要是没有我，能有他今天吗？做人怎么可以这样没良心？

我让她先帮我做选择——我是否应该继续吃中药？她说是药三分毒，当时你选择中医是死马当活马医，现在既然活过来了，就没必要再吃了，好好的正常人为什么要天天喝中药？你应该多运动多锻炼，增强你自己的免疫力，至于那些你朝思暮想的美食，最好等你完全康复了，再说。

我对她说，良妻如良药。你是好妻子，是他的一服良药，在他痛不欲生走投无路的时候，他需要你，你是他的救命稻草，即便你再难喝，但与他渴望摆脱痛苦的愿望相比，又算得了什么呢？只要能让他康复，你想要什么他都会答应你，这就是为什么人们会花大笔昂贵的医药费去承受那些难以承受的医疗酷刑——他们是爱那些酷刑吗？当然不是！他们之所以花钱买罪，是因为那些"罪"给了他们以摆脱病痛的希望，他们是花钱买希望，买绝望中的希望。

但是，你见过几个康复了的人还坚持治疗的？还坚持对手术刀以及医疗酷刑保持异乎寻常的热情？他们会从内心深处感激那些挽救他生命给予他健康的医生，但是那段病痛的经历其实是他最不堪回首和最想忘记的，包括那些恐怖的治疗方案以及苦涩的药物。

良药苦口利于病。你是他的良药，他只有在病痛的时候才需要你，但是当他飞黄腾达了，他就需要"金杯银杯斟满酒，高高举过头"，而这个时候，你却还一如既往地板着一副名贵中药材的嘴脸，他能喜欢吗？你是可以和他共苦的女人，但，却不可以和他同甘，你懂得分担，却不善分享，你长于雪中送炭，却短于锦上添花，在这一点上，你真的不如冰淇淋生鱼片龙虾象拔蚌，他们高热量高脂肪且性寒对病弱的人百害而无一利，但他们能让健康强壮的人感受到生命的充沛以及人生得意须尽欢的酣畅——所以你很亏，你是一服好中药，可人们一旦康复，强大，就会嫌你难喝。

云端上的爱情提问

"你是一个什么样的人？"

"你的爱情观是怎样的？"

"如果我老了丑了你还会爱我吗？"

"我有很多毛病就是不想改，你会娶我吗？"

"爱情与事业你更想要哪一个？"

"你会放弃现在的工作到我这个城市来吗？"

"你怎样看待金钱？"

"你会为了我改变你的穿衣风格吗？"

以上所有问题，都是相亲节目中最经常被问到的问题——怎样回答才不至于在答完之后即刻被灭灯？事实上，至少是眼下，凡是混到相亲节目中的女人，一般都是自信满满且非一般等闲之辈，即便是嘴上说就是要一个对我好的，但究竟怎样才叫"对我好"呢？如果长得跟巴黎圣母院里的敲钟人似的，而且工作也一如卡西莫多那般，这样的男人到"非诚勿扰"的现场，即便他对美貌如花的美眉们说：我是一个善良的人，我的爱情观是"执子之手，与子偕老"，你就是老了丑了我还会爱你，你有很多毛病就是不改我也依然乐意娶你，爱情与事业你让我看重哪一个我就看重哪一个，如果你让我放弃现在的工作到你的城市来我立刻放弃，我挣的钱都是你的，男人挣钱就是为了给心爱的女人花的，我愿意为你做一切！

呵呵，即便如此回答，假如是一只"癞蛤蟆"，能打动"天鹅妹妹"的心吗？"天鹅"，即便是比较难看的天鹅，她也希望自己是被追求的——她爱不爱不重要，重要的是，要有人向她承诺，无论她怎样，他都一如既往地奋不顾身地爱她，就像经典歌剧图兰朵公主一样，不喜欢的男人任由她随便砍脑壳！砍得多了，才显出她的矜贵。民主法制社会，不能随便砍脑壳了，那就换成随便灭灯——问你几个问题，如果我不喜欢你，你怎么回答都是错。我不仅可以理直气壮地灭灯，我还可以理直气壮地告诉你你被灭的理由——你说你是一个勤劳的人，为什么你工作十年，还没有年薪五十万？是你太笨还是情商太低？你说你是一个专一的人，为什么你有过恋爱经历？是你甩了人家还是人家甩了你？你甩了人家，那说明你不专一，人家甩了你，说明你无能。至于我有很多毛病不想改，你还要娶我，只能说明你幼稚；OK，如果你不要娶，那拜拜了，说明你根本不够爱；爱情与事业，你要爱情，你错了，没有事业拿什么来支撑爱情？一味地要事业，那我嫁给你不等于守活寡？总之，总之，如果她没有看上你，你怎么回答都是错的，她如果看上了你，你就是很酷地告诉她——我是一个什么样的人应该由你来告诉我，我的爱情观是得之我幸失之我命，你老了丑了我会不会爱你要看你现在能不能先让我爱上……如果她动心了，喜欢你了，你的答案只要过得去，就是对的。她不会深究，除非你当众不给她面子，而即便有那种很混蛋的男人，还有女人在节目现场为他哭得稀里哗啦，我就看过某些情感节目，男的背叛，女的原谅，女的到节目现场希望挽回，男的决绝，女的就在那儿哭啊哭，还在那儿说我对你有多么好，过去我对你发脾气我错了。简直是脑子进水，完全不了解男人这种物种的习性——他要你的时候，他可以蠢到烽火戏诸侯，同样道理，他不要你的时候，你以为可以靠哀求和忍耐来挽回吗？如果那样，亨利八世的那几个断头皇后怎么可能脑袋搬家身陷囹圄？亨利八世一生六个王后，两任掉了脑袋，一任被流放，一任被劝退，一任因难产而死，只有最后一任勉强保住王冠和脑袋，而这一任除了脑袋够使，之所以勉强活下来还有一个很重要的原因，就是亨利八世太老了，没有足够多的时间厌倦她到把她干掉。

言归正传。相亲之所以有云端上的提问，就是因为这是一种在双方完全没有感情没有了解的前提下，展开的一种交往。除非是一见钟情，否则，总要给一个交往的理由吧？女人需要男人给自己一个理由，说服自己，并且日后也可以让自己以这个理由去说服周围的亲朋好友——我为什么给他留了一盏灯。

如果一个男人，又不帅，又没有傲人的财富与才华，那么他至少要表现出来对我的一片痴情吧？比如他说他就是喜欢我，愿意为我做一切，就是我不洗脸不刷牙他也喜欢我，就是我随便乱发脾气乱吵乱闹，他也迁就我，他就是爱我没道理，而且他还愿意在众目睽睽大庭广众之下这样对我说——对女人来说，其实也蛮爽的。云端上的提问，说穿了，要的并不是正确答案，而是一种"公主感觉"，而能够给女人这种"公主感觉"的，一般又必须是"王子"，条件好的男人，追女人追得越低声下气，越显得有风度；而条件差的男人，则进退两难——死追，让人认为癞蛤蟆想吃天鹅肉，怀疑你追的目的和动机，不死追，人家又会说，你什么都没有，连嘴上抹点蜜说点不搭本钱的甜言蜜语都不会，难怪女人不喜欢你。所以，云端上的提问，对于条件不够好的男人来说，就比较惨——相当于图兰朵公主里那些被砍了脑壳的男人，你们是炮灰是垫背你们被灭灯的意义就在于衬托戏剧的高潮，而真正的高潮则要等到"今夜无人入睡"的旋律响起。

云端上的提问，相当于皇帝手里捏着一只鸟，问大臣：朕手里的这鸟是活的还是死的？他要是喜欢你，你怎么说都是对的，他要是不喜欢你，你怎么说都是错的。因为他决定那只鸟的生死。"非诚勿扰"中有一期，一个哈佛男，闯关成功到最后，终于有权问为她留灯的心动女生一个问题了，他问她如果中了一千万大彩，她会怎样？那个女孩回答了，他甩下她离开，他的正确答案是那一千万应该做慈善。我呸！这是找老婆吗？什么叫夫妻？夫妻是可以有商有量的，我说一千万拿去买房子，你说做慈善，我说好啊，我怎么没想到！这叫夫妻，这叫感情，只有没有感情的人，才会把找对象当作考试，当作闯关，而且还自以为他自己是正确答案——我就不信当年比尔·盖茨娶老婆的时候，问过老婆这个问题！我也不信如果她老婆当年要是没说做慈善，他就掉头而去！

最后，说一道至今为止，我所知道的最绝的"云端上的问答"。提问者是梁思成，答题者是林徽因。林徽因的初恋是徐志摩，徐志摩为她离婚，但她却不愿意嫁他，他苦苦追求，她那时的追求者爱慕者众多，都是名流，但最后她决定嫁给梁思成。梁云端上提问："这个问题我只问一次，为什么是我？"林云端上回答："答案很长，我要用一生来回答你。"

谨以此经典案例贡献给所有相亲中的男女——仅供参考啊。

爱与生命一样，需要我们的珍惜和耐心。有的时候，人必须坚持，忍受一些不得不忍受的痛苦，然后才有可能感受到生命的喜悦和爱的美好。

没有只涨不落的股市，
就如同没有一帆风顺的婚姻。

写给所有关心"第一次"的女生

从几年前到今天,每隔一段时间,就会被问一回"第一次"的问题。如果是"第一次"已经丢了的,倒好办,反正已经丢了,哭也哭不回来,索性告诉她:丢弃的只是锁链,而得到的将是整个世界。如果她们不信,那么就给她们举足够多的励志故事,王菲、邓文迪、辛普森夫人,古今中外的优秀女子,她们都不是靠"第一次"就幸福一生的。女人又不是易拉罐,开一次,一辈子就结束了。优秀的女人,如同《富春山居图》,哪怕就是历经离乱,几易其手,依然价值连城。

难办的是那些纠结于"给"还是"不给"的女生——无一例外,她们都告诉你,她们非常非常看重第一次,希望第一次能给自己的丈夫,所以她们希望在婚后发生性行为。但是,但是,但是,她们的男朋友有要求啊,而且她们自己也有要求啊。怎么办呢?给了,万一将来没有在一起,怎么办?不给,万一男朋友熬不住,跟了别人又怎么办?还有最最可怕的是,男朋友忍个一年半载没问题,但两人关系到了一定程度以后,男朋友就会说:你为什么不给我?你不爱我!如果你爱我,你是可以跟我在一起的!

那么是"给"还是"不给"呢？

于是，你就劝她说，既然你这么纠结，那么就先结婚好了，结婚以后不就不存在这个问题了吗？对方又马上很神经质——我不想这么早结婚啦，或者，我不知道结婚以后会不会幸福，万一不幸福要离婚，那我岂不是成二手货？

那么，那么，就好好谈几年恋爱？加深了解？可是，她的问题又来了——恋爱的时候可以"给"吗？如果给了，他不珍惜怎么办？不给，他说我不爱他怎么办？

有一个女人，十七岁的时候，坚决拒绝了，"不给"；二十七岁的时候，犹豫"给"还是"不给"；到三十七岁的时候，"给"和"不给"对男人来说已经没那么重要了——甚至，男人会用古怪的眼光看着她，似乎是，您都快四十了，怎么还纠结这个事儿呢？您是有病还是做了手术补上的？

好吧，到底是给还是不给？人是环境的产物，必须承认，跟世俗对抗需要极大的勇气和实力——一个整日纠结于给还是不给的人，显然是缺乏这一勇气和实力的。所以我对那些关心"第一次"的好姑娘的建议是，假如您所处的环境相对保守，而您本人又缺乏强大的内心或相应的实力挑战世俗，那么您就把自己当成一罐可乐，在保质期里该开就开了，过了保质期的和被人开过的可乐，都没人愿意要，除非那人渴极了或没喝过特想尝尝。

有一句话，失败是成功之母，这个世界上所有美好的东西，我们追求的时候，都需要承受可能失败的风险，爱情也一样。如果您承受不起，那您就别挑战自己了——这和登山一样，如果您怕高原反应，那就不要去珠峰，就在江南喝点小酒挺好。所以，关心"第一次"的姑娘，差不多的时候就结婚嫁人吧，也别纠结以后幸福不幸福啊，快乐不快乐啊，那是以后的事，谁都不可能给你打保票，您这一生幸福不幸福快乐不快乐要看造化和您个人的努力，拖是拖不来的，只会把自己耽误了——您又不是《富春山居图》，对吧？真是《富春山居图》，那不仅不怕岁月悠悠，就是有点残次，都没事儿，你看维纳斯，缺俩胳膊，有人说过她是残疾人吗？照样是美神！

我愿意

女人，自己有工作，自己赚钱，不要男人养，那么，对于她来说，结婚的唯一目的就是找一个"我愿意"的男人。那么，什么样的男人，她才会愿意呢？

如果男人对她说，我赚钱养家，你只要在家里给我生好孩子，做好饭菜，管好爹妈，我就永远不会抛弃你，至于我一周回几次家，外面有没有其他的事情，你就不要管了，总之，你是我的太太，我会给你买礼物，朋友面前会跟你秀恩爱，但是，你不能限制我的自由，也不能干涉我的生活，还要全力做好后勤保障，不能给我脸色看，在我需要的时候，你陪伴左右，在我不需要的时候，你安静地走开……她会愿意吗？她会不会对他说，我们一同数理化拼杀上来，为什么是我洗衣做饭洒扫庭除？为什么不是我驰骋职场风生水起？如果谁赚钱多谁出去赚钱，谁赚钱少谁留在家里，我们可以比试一下呀？我不见得比你差啊。

所以，有人会说，独立优秀的女人很可怕，她们不适合"妻子"的岗位。因为男人要"妻子"，要"家"，目的之一是要生出可以叫自己"爸爸"的孩子，目的之二，就是希望得到"伺候"——

女人要比男人弱,男人才会感到幸福。您自己什么都可以搞定,男人要你干什么呢?

这样的说法,以及这样的舆论,使今天的女性倍感压力——一百年前,她们要为"裹足"还是"不裹足"伤脑筋,一百年后,她们要为是否成为优秀独立的女性而忧心忡忡。也许今天我们无法想象,就在一百年前,中国这块土地上,大部分女人是要裹脚的,如果不把脚缠成三寸金莲,女人是嫁不出去的,或者休想嫁个体面的人家,从今天的立场看,那时候多数中国男人很变态,他们怎么会有那么"特别"的爱好和审美?但是,这在当时是非常普及和流行的。直到辛亥革命,那时候的家中如果有女娃,做父母的是非常伤脑筋的——裹足还是不裹足?万一裹足,可是将来流行天足了,将来的男人审美趣味变了,怎么办?可万一不裹足,那要是到头来,男人还是喜欢小脚又怎么办?

今天的女性,不再为裹不裹脚而左右为难,但是她们为另一件类似的事情而备受困扰——我们要成为最好的自己吗?如果我们和大部分男人一样,甚至比大部分男人还要优秀成功,我们是否会被"剩下"?我们是否会因此而失去婚姻?就像一百年前,如果我们不缠足,我们就无缘嫁一个好人家。可如果我们放弃职业,放弃自己的追求,那么我们又担心,不久的将来,男人是否会嫌弃我们无法跟上他们的步伐,在我们洗衣做饭多年以后,他们会像丢弃一块脏抹布一样把我们丢弃在生命的某一个角落,在我们要求恩爱要求体贴的时候,他们会理直气壮地告诉我们:女人老了,就不应该再去想那些事,你就守好本分,管好自己就好了。

所有的顾虑重重,都是"精神裹脚"。就像一百年前的社会,把女人的幸福直接跟一双小脚挂钩,告诉女人和所有养女孩子的人家,只有裹脚爷们儿才会喜欢,一辈子才有依靠,殊不知,辛亥革命,清朝结束,满大街的女学生,直接淘汰了小脚女人!以前要灯下把玩的,现在厌恶地掉过头去,还要被嘲讽为"细脚伶仃"的圆规!即便是订了婚的,许了人家的,也有惨遭"退货"的,即便没有被"退货",那曾经的一双骄傲的小脚,如今却让男人觉得带不出去,成了落后愚昧老套的象征。

今天的女人面临类似的困境——男人还会喜欢"精神裹脚"的女人多久?他们对婚姻的要求,是否依然还停留在找一个免费的称职的能生育的小时工上面?就算他们还有这个念想,女人是否愿意要这样的婚姻?嫁汉嫁汉,穿衣吃饭;当女人自己动手,丰衣足食以后,嫁汉的目的是什么呢?如果不是因为彼此相爱,不是因为希望在漫漫长夜里相互陪伴和温暖,就像电影《我愿意》中的唐微微,有车有房有工作,不需要男人为她搏命,难道她还会对一个能够提供免费保姆的"妻子"岗位说"我愿意"吗?就像今天还有多少女人愿意为讨好男人的趣味而自残双脚?当然不会。她只会对那个开QQ的懂得她关心她任由她欺负的"杨年华"说"我愿意"。因为,他是一个居家好男人,他的眼耳口鼻舌身,都透露出他对家庭生活的喜爱——而他也喜欢唐微微，不要说男人不喜欢优秀的女人，去看一看，世界上那些优秀的女人，她们身边的男人——辣妹身边的是贝克汉姆，布吕尼身边的是萨科齐，跳水女皇，歌坛天后，有闲着的吗？即便有单身的，也不是没有人追求。

很多人说，女人为什么会剩下来，是因为她们太挑剔，或者因为她们想找到比她们更优秀更成功的男人，而这样的金字塔尖的男人是少数，是凤毛麟角——亲爱的，不是这样的，那是被精神裹脚的男人和女人，现代家庭，男女在一起，是为了享受更多的爱和陪伴。如果一个男人只是为了找一个小时工，那么他不需要结婚，如果一个女人只为了找一张长期饭票，她自己赚可能比从男人那里得到，更有成就感和满足感。

现代社会，如果彼此经济独立，那么婚姻的唯一基础就是相爱，而相爱是互相取悦不是一方讨好——那种高仓健似的沉默坚硬得像一块石头似的男人，这个时代的女人不再喜欢，她们不再愿意把自己的时间浪费在为这些男人流泪上面。单身的时候，她们宁愿去相亲，宁愿干脆直接，不喜欢就说"不喜欢"，不需要在自己不喜欢的男人身上花时间，喜欢就对他说"追我"——相亲不可耻，单身不丢人，一切都大大方方的。

《我愿意》电影中的杨年华追唐微微的方式很简单，在她累的时候提供一个肩膀，在她哭的时候提供一个怀抱，在她笑的时候，跟她一起大笑，在她饿的时候，给她做一顿饭,他没有给她信用卡，但是他给了她信用……

假如你是穷且不美的女孩子

　　一个女孩儿穷且不美,她的初恋结束在大学毕业的那一年,之后,在儿时同学的撮合下,与少女时代"同桌的你"谈了一段恋爱——"很多年没见面,再见面时,我被他阳光帅气的外表以及幽默风趣的谈吐深深地吸引了,开始时他会每天主动给我打电话发信息,了解我一天的琐碎生活,在我觉得越来越离不开他的时候,他的态度突然出现了极大的转变,他不再像之前那样滔滔不绝侃侃而谈,有说不完的话,问不完的事,他忽然变得不爱说话了,后来给他发信也不回了,有时打十几二十个电话也不接。"

　　这样的状况持续了一个月左右,之后,他和她在网上聊天的时候说,我们都应该冷静一下,看我们是不是真的合适。

　　"我当时突然两腿发软,感觉整个世界都坍塌了一样,这种感觉是之前从来没有过的,包括跟初恋分手,我想要挽回。"

　　她冒着大风去找他,到他的门口,浑身冻得发抖,给他打电话,打了几十个,都不接,一直打了两个小时。

　　"我顶着寒风,站在大街上,突然很想痛哭,我怎么就这样傻!"不久,这个男生的初恋女友即她现任闺蜜来安慰她,把自己和那个男生的聊天截屏给她看,那个男生在和她闺蜜的聊天说不可能跟她有结果,因为她又矮又丑。

"看了这段截屏,我彻彻底底地失声大哭,哭了三个小时。"她是一个穷且不美的女孩儿,好长一段时间直到现在,"我都不敢再谈对象,我总会本能地拒人于千里之外地保护自己,我怕自己是在自作多情,也怕再次受到伤害,我该怎么办?"

稍微有点生活阅历的人,不必听完她的故事,就立刻知道,她经历了一个"渣男","渣男"的显著爱好之一就是让女人爱上自己,然后跟其他女人炫耀自己是多么轻而易举得到女人的芳心,然后再通过贬损坠入爱河的女孩子的相貌来表示自己品味方面的"高端大气上档次"——男人不爱女人没有错,开始主动后来发现不合适离开也能够理解,但"渣男"的问题在于他不懂得尊重一个爱他的女人——即便一个女人就是长得又矮又丑,干卿底事?你有什么资格到处去说"她爱我,但她又矮又丑,我们怎么可能?"

我能够理解有的男人是外貌协会的,对女人存在天然的外貌歧视,对女人而言,最悲催的莫过于遭遇这种男人——他先冲你示好,让你对他产生好感,之后他再跟周遭的人说你癞蛤蟆想吃天鹅肉,而且丝毫不为自己的言行感到羞愧。我不想说容貌对于女人不重要,我甚至也不想轻描淡写地说两句类似"能早早离开这样的人渣是好事"这种轻松话,我想说的是,完全没有必要因为一个人渣说你又矮又丑而终日以泪洗面。在这一点上，郭敬明同学很值得学习。多少人讽刺过他的身高，他是怎么回应的？也许有人可能会说，郭敬明是男的，男人只要有事业成功就好，外形不重要，好吧，我给你讲一个女人的故事，是关于容貌的。马云宣布退休要找接班人的消息公布，一个叫彭蕾的女人一夜之间被推上风口浪尖，很多网友调侃彭蕾的相貌，说她长得像马云，彭蕾犀利地回击"我长什么样关你屁事"——你懂我的意思吗？诸位貌不惊人的亲爱的姑娘，根本不必为渣男评论你的容貌难过，感觉受伤，如果你为此难过受伤，是因为你内心不够强大，如果有一天你够强大了，你就可以笑着把这段故事说出来了，或者像彭蕾一样，直接说：我长什么样关你屁事！

当然，文艺一点的说法是简·爱，她对罗切斯特先生说："我穷，不美，你以为我就没有感情吗？"

珠圆玉润VS人老珠黄

她和他有三十年婚姻，她和他结婚的时候，她25岁，年轻貌美，他31岁，瘦弱矮小。他们过着清贫而甜蜜的生活；她曾是空姐，婚后相夫教子，做了两个孩子的母亲，她低调，不爱名牌，默默支持着丈夫，结婚三十年，丈夫功成名就，他们宣布离婚。

你以为我说的是普京吗？

结婚三十年，被称为"珍珠婚"——西方民族很有意思，从结婚第一年起，他们就给婚姻起"外号"。第1年：纸婚；第2年棉婚；第3年皮革婚；第4年水果婚；第5年木婚；第6年铁婚；第7年铜婚；第8年陶婚；第9年柳婚；第10年铝婚；第11年钢婚；第12年丝婚；第13年丝带婚；第14年象牙婚；第15年水晶婚；第20年瓷婚；第25年银婚，第30年珍珠婚；第35年珊瑚婚；第40年红宝石婚；第45年蓝宝石婚；第50年金婚；第55年绿宝石婚；第60年钻石婚；第70年白金婚。

总之，在婚姻的前二十年，基本上是一年一个"外号"，从二十年以后，就是五年一个"外号"。婚姻最初的十年，从"纸"到"铝"，都不算是"贵重物品"，从十二年到二十年，"丝"到"瓷"，算是有些珍贵了，但易损毁，到三十年，"珍珠婚"，珍珠的特质——坚硬而璀璨，好的珍珠，珠圆玉润；差一点的，发黄，像四环素牙；这个时候，如果是普通家庭，普通婚姻，普通男女，无论珍珠是否发黄，总是珍珠，想办法保养保养，还是珍存的，毕竟，发黄的珍珠也比亮闪闪的玻璃值钱不是？但对于那些拥有成功和财富的家庭而言，他们愿意自己的婚姻是一颗发黄的珍珠吗？

婚姻经常被比喻为鞋子，这实在是一个很贴切的比喻——婚姻各方面都很像鞋子，只是，人们在没有彻底解决温饱之前，不会那么挑剔鞋子，即使鞋子有些不合脚，也不会轻易扔掉，因为穿鞋总比光脚舒服；很多时候，人们选择什么鞋子，既和他的经济能力相关，也和他的价值观有关系。谁都知道，既舒服又美丽的鞋子是首选，但是究竟世界上有多少鞋子是既舒服又美丽的？如果有，也是价格不菲的私人定制吧？当舒服和美丽发生冲突的时候，有多少人会为了让脚舒服穿一双难看的平底鞋？不要说"削足适履"是一个笑话，在婚姻中，人们经常"削足适履"——女人愿意忍受一个成功男人的婚外情，因为他是成功男人，他像一枚勋章挂在女人的胸前；男人愿意忍受美女的坏脾气，因为她是美女，和她在一起他会感觉到自己很有面子；这种忍受，就是婚姻专家常说的"妥协"，而什么时候，婚姻中的人不愿意忍受了，或者说，不肯妥协了，什么时候，婚姻就到头了，用老百姓的话说"缘分尽了"。

看过一条微博，说男人意淫的小说可以概括为八个字——建功立业，三妻四妾。女人意淫的套路则稍微复杂一点：男人建功立业，可以三妻四妾了；但是他偏不，他只爱我一个。前者的代表作品是"金庸武侠"，无论是张无忌还是韦小宝，都有成群结队的美女喜欢，下至民女上至公主；后者的代表作品是"琼瑶言情"，女一号不管是小姐还是丫鬟，都有各种各样的优秀男人追逐，那些男人都是放着大好的名门闺秀不要，偏要追求女一号。

"桃叶映红花，无风自婀娜，春花映何限，感郎独采我"，这首《乐府》中的桃叶歌，说的就是这么一个事儿——春天的花儿那么多么灿烂，但是，您却只采了我！好一句"感郎独采我"，在男人年轻的时候，做到"独采一枝"真不难，因为他要腾出手干很多其他的事儿呢，他要拼搏，他要奋斗，他要实现自己的理想吧？所以好男人，是没有时间在人生起步的时候，拈花惹草的，他们通常会把婚姻当做一个任务来完成，而且要完成得漂亮。所谓完成的漂亮，就是他们不会娶那些让他们不舒服的女孩子，如果能娶到对他们人生有直接帮助的是最好，所以老话说"皇帝的女儿不愁嫁"，如果娶不到"直接帮助"的，他们至少要娶不添乱的——然后这个女人做贤内助，给他管好家，生孩子照顾老人，他一心一意拼事业，如果不慎失意，跌入低谷，这个女人不仅愿意和他一起挨苦日子，最好还能如七仙女一般，一夜之间为他织成七彩锦缎。这样的男人，果真事业有成，不会很快离婚，如果他孩子尚小，他不会的，他还需要她替他稳固后院，更何况他们有感情，他们会等到她更年期，彻底用干净之后，孩子也长大了，老人也故去了，而老婆人老珠黄！他不会做得很绝情，他会慢慢地慢慢地，直到女人意识到，有这个丈夫还不如没有这个丈夫，因为没有这个丈夫，自己还有新的可能。

所以，如果把人生当做一场投资，那么第一投资的是自己——我就是豪门，我何必要嫁入豪门！不要听信那些说女人太优秀了，男人不愿意要。女富豪有几个是没有男人的？男人不愿意要的是，你只比他优秀但是比其他人来说，你却不算出色；第二投资的是婚姻——我理解，就如同不是每个人付出百分之百的努力都能成功一样，成功是需要百分之一的运气的，对于女人来说，也是一样，很多女人没有其他的本事，唯一的本事就是"贤内助"，那么去做一个"贤内助"吧，你和他一起三十年，他成功了，即使他离开你，你依然有精彩的人生——你享用了他的青春，然后分享了他前半生所赚的财富，然后分手，有什么可亏的？最可怕的就是鱼死网破，把自己的人生过得如同一块用脏用旧的抹布，然后还要天天哭喊：我为什么脏为什么旧？因为我把自己的一生都给了你，才把你擦得光彩照人！

婚约和契约

男孩和女孩相亲认识，都是事前按照条件筛选过才见的面。男孩要求女孩青春貌美，女孩要求男孩有房有车。见面以后也都心生喜欢，因为都是奔结婚去的，所以很快双方家长也都见了面。全都认可。顺理成章地就该结婚了。谈婚论嫁的时候，女方家长提出过门费，即男方应该在婚前以女方的名字存一个三十万的存款。男方家长反对，理由是我们存了钱您万一不嫁我们了，您这是结婚还是打劫？女方家长立刻回击：我们辛辛苦苦养大的闺女，抚育得琴棋书画皆通习之，您就算是给我们致敬，也应该表示表示。按照老辈的规矩，男方都应该主动给女方送彩礼，您都不应该等我们说！

男方不同意。亲事搁浅。男孩痛苦啊，好不容易见到一个自己喜欢的。女孩也痛苦啊，但爹妈告诉女孩：姑娘，爹妈不是财迷，爹妈就你一个姑娘，多少钱都舍得给你花。养你这么大，真要算账，一百万都不止。我们跟他家要钱，就是要一个诚意保证金。否则，你白白嫁他，过两天，他不稀罕你了怎么办？这个世界上，凡是白来的东西，都不会珍惜，非得是他肯花了钱的！

女孩把爹妈的这层意思给了男孩,男孩觉得也有道理,但自己爹妈已经出钱买了房买了车,再让爹妈给自己这三十万,说不出口。而且即使说出口,自己爹妈也不见得有。老两口一辈子也是工薪阶层,都是辛苦钱。男孩就跑去和丈母娘商量,请求丈母娘的谅解,不是不给,是实在钱紧。

丈母娘说,那就把你那房本上添一个名字吧。这不用花多少钱吧?

男孩没话了,可他也知道房本上添一个名字虽然不花多少钱,但万一女孩对自己不真心,或者过不到一块,那人家就有权利分走一半房产,那可是爹妈半辈子的积蓄!

平心而论,男孩有所顾虑也无可指摘,现在女孩子多谈个几次恋爱也无所谓,万一房本上加了女孩的名字,人家一句不爱你了,那自己这个恋爱成本是不是有点高呢?他自己就有朋友被人家这么洗劫过;而对于女孩来说,因为男孩的犹豫,慢慢地也就觉得男孩对自己也没有真喜欢到哪里。她也有朋友嫁了人,也就是一年光景,生了女孩,遭婆家嫌弃,房子还是归人家婆家,婆家还说如果她不愿意带孩子,孩子也可以留在婆家,女朋友气得大病一场,男方找她等于比找借腹生子还经济。

都是老百姓家的孩子,都是辛辛苦苦一辈子攒的钱。好些人说,既然都算计得这么清楚,就别谈感情了。可是,谁愿意谈感情伤钱呢?又不是家有金山银山,千金散尽还复来。一拍两散,重新谈，似乎又太对不起自己，毕竟遇到一个心动的人不容易。而且，还投入感情了。

最后，一个从国外回来的亲戚说，这事儿有什么难办的，签一婚前协议不就可以了？

婚前协议，那多不浪漫？亲戚说，婚姻本来就是一种特殊关系的契约。从古至今，都是如此。只不过在古代，婚约是约定俗成。男的娶女的，女的嫁男的，都意味着是一辈子，女的给男的生儿育女，男的给女的穿衣吃饭。男的富贵了，女的跟着沾光，这叫夫贵妻荣，女的老丑了，男的不能嫌弃，这叫糟糠之妻不下堂。但现代社会，有了离婚一说，而且，男人还和过去一样，只要有钱有出息就可以娶更年轻的，而且还可以一句"没有爱情的婚姻是不道德的"，很道貌岸然地打发掉自己的发妻，而女人，在多数时候，年老色衰有过离婚记录，都立刻比做姑娘的时候大打折扣，大富婆除外。所以，现代社会就产生了"婚前协议"，西方社会婚前协议很普遍，谁都不是完人，感情都会发生变化，感情好的时候把丑话写在前面，这总比古代社会进步，在古代，陈世美不喜欢秦香莲了，要离婚，只要秦香莲不同意，他就离不了，想娶公主只能买凶杀妻。如果有婚前协议，最多是赔秦香莲金银财宝，何至于掉脑袋呢？

最后，这对男女签了协议。约定如因男方过错，导致婚姻破裂，那么男方净身出户；还约定按结婚年限，女方有权分割男方的财产。年头越长,分割的比例越大,超过十年,男方如果离婚,需要按年支付赡养费。

双方老人全踏实了——签字说明诚意。女的说,他肯为我签这么苛刻的协议,说明他真的爱我;男的说,这么高的违约金!我得好好过。

成家还是玩玩

他人过中年,离异,处了几个女人,都是有车有房有工作的。一般处个俩仨月,他就会提出结婚,出乎他的意料,人家都说不急。他就纳闷,问我,现在女人怎么这样?吃饭聊天上床都没问题,就是不跟你领证。催急了,就说,你又不是没结过婚!他问,那咱们这叫怎么回事?有空有时间就在一起,没空没时间就各干各的?

以前,也就是五六年前吧,都是女的追着要和他结婚,他推三阻四,现在反过来了。一提结婚,女的就后退,不提结婚,还能处着,见个面啊打个电话啊包括吃个饭住一住啊什么的。他问我:那些女人在想什么?是不是还在做梦?

我跟他说,要是还在做梦,没准儿就不管不顾嫁给你了,就是不做梦了,才这样呢。

他的情况我了解,上有年迈体弱的老妈,下有尚未成年的儿子,自己经济状况一般,不属于宝马香车那一路的,当然宝马香车那一路的男人,上有老下有小就不算家累,至少不算是个事儿,可工薪阶层,这些事儿就是事儿了——我跟他说,生活多不容易啊，女人找男人，多数是要找被爱的感觉，你呢，实事求是地说，挺善于给女人这种感觉的，但问题是，如果不跟你结婚，这种感觉就比较纯粹，你总不好边温存边说，我伺候你，你得伺候我妈！可这要是结婚了，你就是啥都不说，她要是不管你妈也不合适吧？光舆论压力她就受不了，她凭什么要让周围的人包括你家亲戚指指戳戳呢？说她不孝顺？！她不嫁给你，这些事都没有！

男人分辩，我是要成家，又不是玩玩。哪那么好的事啊？她不嫁我，不承担责任，我凭什么给她被爱的感觉？

我说那您早干什么去了？您早尽想着自己爽了吧？噢，现在您岁数大了，上有老下有小，眼看退休了，您这时候想成家，说穿了就是想找个自带工资还得往里倒贴的保姆，连你和你妈都给照顾了，还得讨好你儿子！哪个女人脑子进水了，您给她送两次花，请两次饭，温存一两次，她就给自己找这么一份差事？这要是女人没工作，嫁给你，也算自谋职业，好歹图个温饱，可您找的都是有工作有收入甚至收入还比您高的妇女！您爽的时候，人家在打拼，等您想成家了，人家赶着马车带着积蓄给您养老还兼伺候您老妈您儿子？人家能平衡吗？

男人说，照你这么说，男人跟你们玩玩，你们倒是乐意，成家反倒觉得亏？

我说这得分。您要是年轻十岁，跟您成家，不觉得亏，那是应该的，少年夫妻老来伴，可到现在这光景了，就宁肯玩玩了——跟您这样的男人成家图啥？图一钱包玩空了身子也玩空了的男人还外带一需要伺候的老妈？

男人说，那这些老女人也不想想，我真要玩，为什么跟她玩？我找二十多岁的玩好不好？

我说好啊，你为什么不找二十多岁的呢？

男人说：因为我想成家。

我说，那成，我给你介绍一女人，准和你成家。

男人问：啥条件？

我说：没工作没户口没房没钱，老娘长年卧病，会伺候人，体贴人……

我还没说完，男人就说：你开玩笑吧？我用她体贴？

我说：既然这样，那你处的那些女人凭什么跟你成家？人家用你体贴？！

爱情蚂蚁

我有一个学伦理学的大师兄，品学兼优。有一次，一家报社举行座谈会，题目是关于爱情。我的大师兄，可怜在校园里关了十年，我指的是仅大学教育而言，四年本科，三年研究生，三年博士，早已不知今夕何夕。那是他博士的最后一年，毕业论文大约就是论说人类的爱情，起承转合，洋洋洒洒，几十万言，从动物的交配说起，一直说到男女性爱，引经据典，旁征博引，说得垂垂老矣的导师们一个劲地称是。谁料，在座谈会上刚一张嘴，立刻听取"嘘"声一片。

"爱情是蔚蓝色的，有一点点忧伤；爱情又是粉红色的，有一点点甜蜜。"还没等他给爱情涂更多的颜色，人家已经给他了一个大红脸。"喂，你结婚了吗？别在这装雅婷的了。"

我的师兄兵败如山倒，张口结舌，呆若木鸡。

工作数年，邂逅大学同窗，偶然谈起往事，同窗说：很悔一件事。他指的是那会儿有一位准"系花"对他含情脉脉，而他竟无动于衷。无动于衷倒也罢了，真正令他痛悔不已的是竟然高风亮节得一塌糊涂，自始至终连个手指头也没碰过。当然，现在是真正地失去了。同窗并不悔当初没有相爱，悔的是自己失去了一段真正的风流，枉担一个虚名。同窗认为，所谓爱情是一个借口，很多事根本与爱情无关。

"有的人，虽然相爱，但他们一生相怨；有的人，从不动情，但他们朝朝暮暮。"所以说，所谓爱情其实是油盐酱醋，没有，照样开饭，有了，合适了，饭更好吃些。万一不小心，没掌握好"少许适量"的原则，那就和自己酿的苦酒自己喝一样，没人替你咽下去。不过，如果你够富裕的话，你可以把这锅倒了重来，以前可能有人指责你种种，但现在，倒的人多了，也就无所谓了。不过，第一次倒的时候多少有些舍不得。只是，只要不是成心"显阔"，一般还不至于招来"品质恶劣，浪费资源"的骂名。

我不是在蓄意颠覆关于爱情的种种正当解释，况且，这种触犯众怒的事情除非有野心的人才感冒。我相信，在结婚已经成为一桩最有利可图的生意时，满大街招摇的婚纱摄影，唯利是图的婚庆公司，趁火打劫的新娘盘头……爱情还是一棵常情的树，不是树上的蚂蚁，更不是蚂蚁上树。

爱情和蚂蚁毫不相干，爱情蚂蚁讲了一个不是爱情的爱情故事。这是荒诞，我们在荒诞中开怀大笑，用写剧的人的话说，我们笑的是自己。

再也不会有《上邪》，再也不会有飞星传恨，我们的爱情故事在酒吧咖啡屋电影院反反复复，而那些教导青年人健康生活的热线、广播、媒介，都在处心积虑地让人相信，爱情生不带来，死不带去，没必要为此青丝染秋霜。当然，他们用词比我的恰当，实际上，就是这个意思。最可恨的是有一次听一个电台的节目，那个节目专门请了一位专家大讲那些用情至深，以至一旦感情结束，痛不欲生的人是有病。他这里说的有病，是指真正的心理疾病，精神障碍，根据他的解释，在失恋的时候，能够没心没肺的食欲大增的倒算是直面人生的没什么大碍的。他在节目行将结束的时候，还将多年的心血成果毫无保留地广而告之：失恋的时候，多吃水果巧克力，尤其要多照镜子，注意仪容，这样，很快，失恋的烦恼就会过去，明天的太阳又是新的。

当时，我真有一点怀疑，这个节目是不是收了哪个巧克力公司的贿赂。

在我听到这个节目之后的一段时间，我在各种媒介上读到有关巧克力置失恋于死地的科学解释。我原来还真不知道巧克力竟然是失恋的天敌！

我听说的另一个有关爱情的故事和巧克力无关，但是他最终没有以奥赛罗谢幕，而是依我们传统习惯的方式皆大欢喜。

文人有德，这里暂且隐去故事的主角的名字。

我的朋友男和我的朋友女，从小青梅竹马，两小无猜，长大之后，自由恋爱、结婚成家。除了婚后数年膝下犹虚，别的与常人家庭也没什么大不同，不过是穿衣吃饭，吃饭穿衣。后来，朋友女结识了一未婚男青年，一来二去就有了红杏出墙之事。朋友男忍气吞声地挨了一年，终于忍无可忍。他在出去买菜刀的时候碰到了一位姓诸葛的朋友。朋友男说：我非杀了我的老婆，她居然把人带回家里！诸葛是一位婚姻专家，什么世面没有见过，当即给他出了个主意。朋友男被当头棒喝，一下子醒过来，菜刀不买了，提了两瓶酒回家。他心里有数，一定撞个正着。因为临出门前，他恰巧听见老婆一个电话。果然，老婆面若云霞，未婚男青年两股颤颤，我的朋友男立刻依诸葛之言，眉开眼笑地说："机会难得，机会难得，老婆你炒两个菜，咱三个喝两杯。"酒过三巡，将醉未醉，朋友男开口了："兄弟，你是真喜欢我老婆呢，还是玩玩儿？你要是玩玩呢，一年也差不多了，该让我们踏实过日子了，你要是真喜欢我老婆呢，你就娶她！"

未婚男青年就如同听到死刑改无期一样，哪有不称是的呢！接下来，我的朋友男又字字肺腑地对老婆说：咱们也没个一男半女，你们要是真心相爱，我成全你们。明天就离婚。家里的东西你随便挑。

未等我的朋友女醒过来，离婚就成了板上钉钉。而未婚男青年在诚惶诚恐之余，连忙叫大哥，叫了大哥之后，就说：你家的东西我一样不要。

第二天，顺顺当当地离了婚，第二年，我的朋友男又娶一黄花闺女，转年生下一大胖小子。从此，诸葛婚姻专家又在他的"临床"报告里添了一个成功的"杯酒释财权"的范例。当初,诸葛劝我的朋友男:"天下女人多的是,何必呢?"我的朋友男说:"可是我只爱她。"诸葛说:"你没有爱过别的人,怎么知道只爱她呢?"后来,诸葛晓之以理动之以情,告诉他:这个世界上只有自己是自己的。一个用旧的老婆体体面面地打发掉,再想办法把老婆挣下的财产一分不剩地留下。留得青山在,总有柴火烧。

后来,我时时听到类似婚姻专家的观点,是否是专家已广收门徒,我无从知道。但我知道当爱已成往事,再见亦是朋友的越来越多。所谓再见亦是朋友,用电视台一个编导的话说:离了婚多自由,想睡觉睡一觉,想和谁睡,彼此也管不着。

我不是说失了恋,就该死去活来;也不是非要我的朋友男演上一出《奥赛罗》(当然,他的妻子不贞,大大减少了悲剧色彩);更不是赞成不成爱即成仇,所有这些现代的处理爱情方式都无可指责,只是当它像蚂蚁搬家一样浩浩荡荡,蔚然成风,就让人不得不想到天要下雨。

请给我一个值得为之付出的理由,爱情;请让我找到久违的那种珍惜的感觉,爱情;请让我为你的失去真真正正的感到肝肠寸断,爱情;请让我为你茶饭不思,不要因为一块巧克力就背叛你的纯洁高尚!可是,你能吗?你能吗?我的唾手可得的爱情,我的挥之即去的爱情!我的90年代的爱情,你像股票一样忽涨忽落,你像美元一样迅速贬值,你让我渴望,可是,当我把你存到银行，我才发现利息少得可怜！你让我渴望，可是当我衣袖空空，没有人会给我爱情贷款！

　　这是一首不成诗的爱情诗，它说的是我们正遭遇的爱情。

如果生活是一面破碎的镜子

你好!

我结婚七年多了,婚后第二年就有了可爱的儿子。我跟妻子很恩爱,结婚以来从没红过脸。我在一家律师事务所工作,妻子在一家广告公司上班,是一位部门主管,虽然在外应酬很多,但我很理解她。我相信她的人品,更相信我们之间深厚的感情基础,从来都没想到我们的婚姻会出现问题。

有一天,处理完公事,想想好久没与妻子一起在外面吃饭了,就到一家特色菜馆预订了座位,然后,开车去接她。

到她单位后,我把车停在马路对面,坐在车里等她下班,想给她一个惊喜。就在这时,一辆奔驰轿车在我前面停了下来,不经意一瞟,突然发现我妻子从车上下来了,一名帅气的中年人也走下来。他仿佛有什么事要交代,在妻子耳边说着什么,说完还拍了拍妻子的臀部。妻子嗔怒着打了他两下,那人笑着回到车里调过头开走了。妻子站在那里,目送着远去的车影转身进了单位。我当时心里一沉,划过一种不祥的感觉。

接下来的日子我特别留意妻子的行踪,一有时间就开车到她单位,悄悄地溜到她办公室瞄上一眼再匆忙离去,并不去惊扰她。每每看到她伏案工作的样子,我感到可能是自己多心了,心里的石头也就慢慢地放了下来。

有一天,又发生了一件意想不到的事。那天,由于晚上睡得太迟,早上我们俩都睡过了头。她洗漱好后连妆都没来得及化就匆忙下楼走了。就在我给儿子穿好衣服准备送他上学时,却听到"嗡嗡"的响声。低头一看,原来是妻子走得太匆忙,忘记拿手机了。我拿起一看却是一部新的三星手机。她什么时候又多了一部三星手机呢?她既然有两部手机,为什么不把另外一个号码告诉我呢?打开手机一看,所有的已接、已拨、未接来电全是与"田辛"在通话,猛然想到"田辛"的读音正好是"甜心",脑子里的血"嗡"地一下就涌了上来。正在这时,我听到楼道里响起了熟悉的脚步声,连忙把手机放回原处,然后装着若无其事的样子拉着儿子准备下楼。我们刚走出门,妻子就慌慌张张上来说手机忘拿了。我说帮她去拿时,她神色慌乱地拉住了我:"不用,不用,你们快走吧,别让儿子迟到了。"直觉告诉我,她与"田辛"之间必定有什么秘密。

那段时间,每天深夜等她睡着的时候,我都会悄悄地起床,打开手机查看她的通话。果不其然,他们每天都在联系,最多的时候一天打了十五个电话,而且有次通话时间竟达两个多小时。我的猜测终于得到了证实。有一次,可能是她疏忽了，竟有一则短信忘了删除，我打开一看，血又一次涌了上来："亲爱的，我越来越爱你了，真想把你含在嘴里吃掉……"

当我拿着手机气冲冲地走到卧室准备把她拉起来质问时，又忍住了。我是从事律师工作的，我知道仅凭这些通话记录和一则短信不能证明什么问题。我躺在床上冷静地想，可能是我以前工作太忙，疏忽了对她的关爱吧，我想凭她的人品，相信她对我们的感情是负责的，即便有些"小插曲"，我也要用最真挚的爱把她从沼泽中拉出来。

接下来，我每天只处理一些主要的案子，尽可能抽出更多时间陪她。一段时间下来，翻看他们通话记录时，发现他们依旧在频频联系，我感到非常失望。

有一次无意间听同事说，有一种电脑软件，可以把两个手机号码烧号到一个号码，接电话和看短信都可以互通，我马上通过朋友私下购买到了这套设备。掌握好操作方法后，当天晚上便悄悄地把她的号码烧到了我的手机卡上。

第二天下午四点多钟，我正在上班，手机忽然提示有短信发过来，我迅速打开一看：是那个"田辛"发来的，短信的内容很煽情，我气得肺都炸了。没过一会，妻子打来电话说她有个小姐妹过生日，晚上她就不回家吃饭了。我马上想到了她可能是跟"田辛"去约会，就立刻停下手中的活赶到她单位，一直候在门口。果然不出所料,下班时那辆奔驰准时开了过来,妻子神采奕奕地走出大门直接上了那辆车。我就一直悄悄地尾随在后面。他们来到一家宾馆前停了下来,远远看到那男的半搂半抱着我妻子走进了宾馆,还不时低下头在她耳边说着什么,逗得她撒着娇去拧那男人的脸……亲眼目睹这一刻,我感到天崩地裂,整个人的心也被剜了出来,我感到我的生命走到了尽头。

我马上到附近的五金店挑了把锋利的水果刀,准备和他们来个鱼死网破。就在这时,手机响了,是学校的老师打来的,她问我你儿子今天怎么没人接?我一下子冷静了,儿子还小,如果没有父母,谁来照顾他呢?我强忍着愤怒将车开往儿子学校。教室里只剩下儿子一个人,他看到我过来,一下扑到我怀里。路上,儿子站起来说,爸爸你的嘴里怎么流血了?说着为我擦拭嘴角的血液,我鼻子一酸,才知道自己不知道何时把嘴唇给咬破了。

晚上,安顿好儿子后,我将一瓶老白干从柜子里翻出来喝了个光,我不会喝白酒,呛得眼泪直流,感到天旋地转,肚里翻江倒海地难受。我从沙发上翻到了地上,吐得身上地上全是,什么也不记得了。等我醒来时,已经躺在了床上,全身衣服都被换了下来。再一看表已经是深夜两点多了。妻子进来了,她给我倒了杯水又拿来醒酒药让我吃下。我说,有时间我们谈谈吧。我看到她身子抖了一下，但又马上掩饰着笑着说，都老夫老妻的了，还谈啥呀？然后又去收拾客厅了。趴在床上，我感到胃部一阵阵痉挛，无声的泪水又涌了上来。朋友们都羡慕我有个幸福的家庭，事业也是小有成就，可是此时此刻，我真想从十八层楼顶，一头栽下去了断此生。

一段时间里，我整天没精打采，工作效率很低。渐渐地我的头脑清醒了，与其活在痛苦之中，不如痛痛快快地做一了断。平时离婚的案子办理了很多，有这方面的经验。我决定离婚，但也绝不会让他们快活潇洒，我要给他们上演一场悲剧。

我要把家庭财产全部转移，给她来个釜底抽薪。经过几天的深思熟虑后，一个周密的计划在我脑海中形成。首先，我给一个在远方开公司的朋友打了电话，告诉他我要做一笔生意，先暂时把钱转存到他公司户下，然后再从那抽出来转到我一个朋友的账户中。

具体的方案考虑成熟后，我就开始行动。妻子是搞广告业务的，对经济和法律不是很了解。一切准备就绪后，我对她说有一个同学在南方开了一家公司，效益很好，只是缺少资金，很希望我们也一起加入。没费多少周折，她就同意了，她很放心地把家底全都交给了我。我趁热打铁说把咱们的房子也抵出去多贷点资金，股份就占到了51%，这样等于我们掌握了公司的主动权。她说一切由你做主吧。当把前期工作办妥后，我感到心里空荡荡的,没有一点胜利的喜悦。看着她那无忧无虑的样子,我真不知道当她得知真相后该如何面对。

在以后的日子里,我一边向她汇报入股后的公司发展形势一片大好,一边紧锣密鼓地做好了撤资的准备。看着她还被蒙在鼓里,我心里也很不好受。其实她是一位挺单纯的女人,对别人从不设防,也许正是因为这个弱点,才会让别人对她有机可乘。我常常想,一个人的缺点和优点是没有绝对界限的,有时候一个人的优点也是一个人的缺点,而且优点一旦演变成缺点,那将是致命的。

看到她对我毫无戒心,有好几次我都忍不住想对她和盘托出,但话到嘴边又咽了下去。每到深夜,我常常会独自醒来。看着她蜷缩在身边,熟睡的样子,我真的不忍心就这样抛弃她。我心里涌上一个念头,算了吧,我不去揭穿她,多给她体贴、照顾,让她感到家的温暖,自个去了结,就当是一片云飘过。

我本想给她最后一次机会,她却再次伤了我的心。那天是情人节,我特意买了鲜花和一条水晶项链,准备吃晚饭时送给她。我想再给她一次机会,如果她还在乎我,我们可以重新开始。下午我特意请了假,直接去接她。路上,那个被烧号的电话却响了,那男的说:"今天是情人节,你可不能迟到呀。"妻子说:"放心吧,我老公那么相信我,我等会儿随便找个理由就能把他打发了。"接着她又抱怨道:"真是的,今天是情人节,老公却一点表示也没有。"那男的马上劝道:"别气了宝宝,待会见了面我把他欠你的全部补上,晚上我们好好疯狂一下……"我心中的怒火马上狂烧起来。我把车子停在路边,拿起玫瑰狠狠地甩到了地上。我给自己打赌说,再给她最后一次机会,她若跟我一起走,我就跟她摊牌,只要她与他从此不再联系,我就原谅她。她若不肯,那我便与她一刀两断。

到她单位后,我理了一下情绪。她看到我有些惊慌。我说要跟她一起共进晚餐时,她极力推说晚上有事走不开。我连续两次问她:真的有事吗?她说是的,但眼光始终不敢看我。我不甘心,又问她非得今天去吗?她毫不犹豫地点点头。那一刻,我气得真想转过身狠狠地给她一个大耳光子,但我还是忍住了。

深夜十二点多的时候,她回来了。当她的头朝我靠过来时,我一把将她的头推开了,她马上一脸的惊愕,然后泪花开始在眼眶里打转。说实话,结婚七年来,我从来没有对她说过一句重话,这还是我第一次这么对她。看着她流泪的样子,我的心又软了,又把她慢慢地揽了过来。妻子看到我给她买的项链后,激动得非要让我给她戴上,不住说:"对不起,我真的不该扫你的兴。"我说:"没关系,只要你开心就行了。"

事到如此,我就必须加快步伐,实施我的计划了。次日,我只身去了南方。经过几天的忙碌,终于完成了我的计划,但却没有丝毫喜悦。夜晚独自一人走在沿江路上,远眺笼罩在夜幕下的滔滔江水,心中充满了惆怅与悲哀。

再过两天就是儿子的生日了,我想等给儿子过完生日再向她摊牌。那天晚上八点钟,我回到家后,却发现他们母子都不在家。我拨通了她的手机,关机。我开车去了学校。老师说也不记得是谁接走了。我马上又拨通了她的那部手机,一开始没人接,我又接着打,终于她接了,电话那头传来粗重的出气声。她紧张地说自己只顾忙忘记接儿子了。我怒气冲冲地挂了电话,直接到派出所报了案。她后来又不停地打我电话,我一直没接,后来索性关了机。

在民警的帮助下,在公交车站找到了儿子。当我带着儿子回到家里时,她正坐在沙发上发呆。安顿好儿子后,我们在客厅坐了下来。"你早就知道了,对吧?"她问,我点点头。她坐在那里看着我,眼泪一个劲地往下掉。她说,以前他只是她的一个客户,从没有深交。两年前任职部门主管后,刚好赶上改制,单位按赢利分红,作为主管的她有责任把部门经营得好一些。在她最困难的时候,是他拉了一些大客户解决了她的燃眉之急。她很感激他,交往也就频繁了。最终在他的进攻下,一切都发生了。她说她每天都在自责中生活。她说,我知道错了,保证再也不会发生了,求你原谅我好么。我该说什么呢,我真的想号啕大哭，她难道不知道我的心天天在流血？她对我的致命伤害就用原谅两字轻轻带过？

那天晚上，我们分居了。躺在沙发上，我脑子里不住地在想：她其实是一位特别贤惠的女人，对我的关怀无微不至。每天她总是把家收拾好，做我最爱吃的饭菜；每天早晨我总是穿着她洗净熨平的衣服走出家门；每天晚上她都会在我耳边喃喃细语地为我洗去满身的疲惫……以后还会有谁再为我做这些呢？本以为我们的爱情会天荒地老，谁知道刚过七年就走向了灭亡。

第二天早晨，当我把东西收拾好准备搬到单位去住时，她抱着我的腿哭着求我别离开她。那撕心裂肺的哭，令我心如刀割。但我还是强忍着把她拉开，她抱得很紧，哭得也更凶了。经过一番撕扯，她看我去意已决，也就松手倒在地上痛哭起来，我始终头也没回地离开了。

搬到公司的第二天，那个男人来找我。见到他，我怒火中烧。他说："我给你二十万，你别跟她离了……"我怒吼道："你有什么资格跟我谈条件！"拎起凳子就向他头上砸了过去，他闪了一下，凳子砸到了他肩上。几个同事冲上来拦住了我，他乘机灰溜溜地逃走了。

几天后，我和妻子相约来到了离婚登记处。她在门口看到我，乞求我再给她一次机会。我说："我已经给过你很多机会了,可你在乎过吗?"她无语,泪水狂涌,双肩不住地颤抖。当轮到她在同意书上签字时,我看到她眼睛红红的,两只手不住地发抖,久久不肯落笔。

出了办证大厅,我准备离去时,她叫住了我。哭着说:"毕竟我们夫妻一场七年,就让我再当一天你的妻子吧,因为我实在接受不了这个现实呀……"对于这个小小的要求,我还能说什么呢。

回到家,她做了一桌我最爱吃的饭菜。在烧最后一道菜时,她不小心切到了手,血流不止。我忙跑过去,习惯性地塞到嘴里为她吮吸,然后又找来创可贴为她包好。她始终注视着我,泪流满面。吃饭的时候,她喝了很多酒,说了很多话。她说:"结婚前你答应过我说陪我去看海、陪我去西藏、陪我去登山,可你一件也没兑现过,以后记住了,答应女人的事再忙也要履行,不可让她失望啊,还有,你的爱要大声说出来……"还没说完,就趴在桌子上大哭起来。我的泪水再也止不住了。

她平时不会喝酒,一会的工夫,她就喝醉了,我把她安顿到了床上。儿子接回来安顿好后,我就倒在客厅沙发上睡着了。不知什么时候,我被儿子哭着叫醒,我马上推开卧室的门,看到地上的安眠药撒了一地,她躺在床上一动不动。我立即抱起她往医院跑。

她父母也赶过来了，在妻子的病床前，她母亲接受不了沉重的打击，立刻就晕倒在地上。她父亲，一位六十多岁的老干部，一下子给我跪了下来，说看在我们老脸的分上，原谅她吧。面对两位善良的老人，我的眼泪哗地流了下来。她是独生女，如果女儿离他们而去，他们怎么活下去？我是那么爱她，她也曾经那么爱我，当年她顶着父母与亲戚的阻力与我结合，而当时我只是一个穷打工仔。我怎么能眼睁睁看着他们家破人亡的惨剧。即使分开，也要给她一定的时间来承受。当天下午，我就把那笔钱转账到银行，重新把房子赎了回来。

她出院后，由于吞食过多的安眠药，脑子里留下了后遗症，时常出现一些暂时性神经错乱。我怕她有什么闪失，从单位重新搬了回来。她父母不放心，直到看着我们又重新领取结婚证才依依离开。

表面上我们又结合了，但却很少再交流。在她面前我始终开心不起来，整天一副冷冷的面孔。她也很少说话，做什么事总小心翼翼的，生怕在我面前再犯什么错误。有时看到她，我感到特别的陌生，甚至不敢相信她就是以前那个让我爱得死去活来的妻子。我也曾试着重新接纳她，但总是做不到，脑海中总是反复回放她偷情时的镜头，再看到她就像吃了苍蝇一样难受。为此，我也找过心理医生，但心中始终走不出那团阴影。可能是爱得越深伤得越痛吧，我们之间就这样竖起了一道厚厚的玻璃，看得到对方的存在，却再也感受不到对方的温度。

每天晚上睡不着的时候，我总会想起以前相亲相爱的细节，这一切都渐行渐远了，有时候我特别恨自己过于优柔寡断，才会在死亡的婚姻中苦苦挣扎。可当看见孩子跟她在一起，在她身上爬来爬去嬉闹着的那种无人可代替的情景，却怎么也鼓不起勇气再跟她说分手。面对这样的婚姻，我该怎么办呢？

心碎的男人：

我很少收到没有抬头以及落款的信，这一封就是。一些认识我的人会问我，你能保证给你的信都是真实的吗？有没有可能是编故事？我说应该不会吧？我这里又不是杂志，给我编故事我又不给他们发稿费。最多可能是给我的信里隐瞒了一些难以启齿的细节，或者出于情绪的发泄，过多地渲染了对方的错误或不足，而美化了自己的无辜与多情，也就是这些了吧？

但这封信，我第一遍看下来，觉得太像是故事了。因为逻辑性太好了，一般遭受极重大情感打击的人逻辑不会这么好。但后来我请教了一些朋友，他们跟我说，这是有可能的，假如写信的人是律师或者从事类似职业的话。我在数年前，曾经知道一件事情，是发生在我们的朋友圈里，女的发生了类似上面这封信中妻子的"婚外情"，因为纸包不住火，所以在圈子里就有传言，但那女的丈夫反而更加相信自己的老婆，认为那些传言是无中生有，造谣中伤,更加宠爱她呵护她,搞得我们这些外围的都觉得那女的有点"欺人太甚"。后来男的知道了,而且是捉奸在床,当时男的出差,原本因天气原因,航班取消,他就给女的打了电话,说当天晚上飞不回来了。后来阴错阳差,天气又好了,飞机又能飞了,他就赶了回来,到机场已经是半夜,他就想别打扰爱妻了,自己搭了朋友的车就回家了,因为给老婆带了很多她喜欢吃的南方的水果,所以朋友帮他提进门,他大门刚一开,就听到卧室门"啪嗒"一声从里面锁上了,他当即就知道不对了。

那天他坐在客厅的沙发上,坐到半夜,快天亮的时候,卧室门开了,他的爱妻穿得整整齐齐出来,出来就向他坦白了。他什么都没说,只问他老婆一句:他娶你吗?他老婆痛哭,请他原谅。他原谅了,让那男的走了。

现在这件事情过去至少七八年了,俩人过得好好的——那个男人说他的老婆并不是不爱他,也不是不爱这个家,她只是有一点点"贪",希望多得到一些情感。在她必须取舍的时候,她还是愿意跟他过一辈子的,既然这样,他也爱她,那就把这一篇翻过去,否则,俩人都要痛苦。他说翻过去,就是真的翻了过去。

我们都觉得那女人的运气太好了,甚至私下里讨论过,她怎么能把自己的老公以及别人的老公都哄得那么好?

回到这封信上来。因为写信给我的人没有落款,我不知道怎么称呼,就暂且称呼为"心碎的男人"吧——遇到这种事,我不知道应该怎么劝你，但是我想，也许你可以向我们一些有多年做老婆很有心得体会的女人学习一下，很多女人在结婚数年以后，尤其老公事业小有成就的时候，都遭遇过"小三"的困扰，有些"小三"甚至很嚣张地上门要求原配让位，那些做老婆的是怎么做的？不说别人，就说希拉里吧，她老公克林顿当年没管住拉锁，跟女实习生的事闹得全世界都知道，甚至每个细节都被写进著名的《斯塔尔报告》放在互联网上，她怎么做的？她还不是最终原谅了老公？这种事情原谅不原谅，要看双方还有没有感情，以及是否还愿意共同生活在一起。希拉里事后说了一段话，大致意思是：当时两个人都很难过，但都不愿意就此分手，所以她原谅了他……因为她相信经过这件事情以后，他们的感情会更好，生活也会更好。现在看来，事实仿佛正是如此。

你有希拉里的心胸吗？你要是有，我就劝你跟你老婆把这件事情说开。如果你觉得你老婆这件事情根本就不能跟"克林顿"的那件相提并论，她就是一个又要占着你这个茅坑，又要让自己到处爽的女人，那另当别论。并不是只有男人"家里红旗，家外彩旗"，有些女人也会这样，她们分得很清楚什么是"彩旗"什么是"红旗"，对于这样的女人，你想要成为她的唯一，你还真得有那么两下子。你扪心自问，你老婆出轨那么久，跟人家"田辛"了那么长时间，甚至有两部手机你都不知道，你还做人家丈夫！也许你会说这是因为你信任她——这事我还真得跟你掰扯一下，女人喜欢男人信任自己，但不喜欢男人忽视自己，你对她到底是信任还是忽视？

当然啦，我不应该太替你老婆说话，毕竟她背叛了你，伤害了你，但哥们儿，你是男人啊，要么做一个有心胸的男人，翻篇儿，不就这么点事儿吗？就当自己老婆太有魅力了！当年贝克汉姆出轨，在澳洲"吃草莓"，被媒体炒得沸沸扬扬，他老婆辣妹咋说的？她说她知道那些女人是怎么回事，言下之意，她老公是每个女人都想得到的男人，他做了她丈夫，而那些女人，最多不过是"草莓"而已。当然辣妹之所以有这个底气，肯定跟小贝有关，小贝肯定也积极地做了"感情修复"，俩人也就把这篇翻过去了。不过，如果你实在一时翻不过来这篇，那就给自己时间，让伤口慢慢愈合，反正一般女人遇到遭遇老公背叛又想不通的时候，在哭诉完自己几十年如一日为他生儿育女拖家带口之后，也就是只当出门没看黄历被高空抛物砸了一下，还能怎么着？总不能用别人的错误惩罚自己，对吧？

·下篇·

人生需有勇气

人生无法躲避的三件事

美国人说，人生无法躲避的三件事，第一：死亡；第二：纳税；第三：磨难。

年轻的时候，我总认为，磨难是可以躲过的——那个时候我天真地以为，所谓磨难，尤其是感情上的磨难，一定是这个人不够聪明，一个聪明的人怎么会在感情上遭遇失败呢？他（她）当然会遇到一个珍惜他（她）的人，然后他们幸福快乐地生活在一起，一辈子。

现在想想，呵呵，聪明的人其实遇到的磨难可能更多呢。这就像一个篮球运动员，一生遇到的对手一定比普通的人多——我们打球是娱乐，他们打球是竞赛。

感情的事，确实很难说——并不是说只有笨人丑人才会遇人不淑，色艺双全如杜十娘照样怒沉百宝箱。

我一漂亮女友，几乎得了忧郁症，别人无论怎么劝，就是想不通。她当年的追求者有一个加强连，而他其貌不扬，各方面都很一般，背着一个双肩背就到她的小屋来了。她说她没有任何对不起他的地方，但不懂他为什么要这么伤害她——他竟然在她怀孕的时候与一有夫之妇过从甚密,而那个妇女,在她看来不仅不漂亮而且也没有任何长处,普普通通,甚至中等偏下,属于上网征婚都只能征到五六十岁老头的那类中年妇女。

她甚至找了心理咨询师,一小时四百元,人家给她从恋母情结一直分析到中年危机,她依然无法释怀。直到有一天,她豁然开朗——她办公室一位大姐,很不耐烦地对她说:"你是不是觉得你比一般女人漂亮,他就不应该这么对你?戴安娜、王菲、布拉德·皮特的前妻哪个不比你漂亮?这种事情碰到了,就当被狗咬一口,狗咬人是不分相貌肤色的,也不分你智商高低、人品是否出色啊。"

那一刻她忽然就不委屈了——不就是遇人不淑吗?不就是曾以为此情可昭天地但转头成空吗?不就是他曾经承诺过照顾你看护你守候你陪伴你爱你,一生一世,永永远远,现在变卦了吗?好吧,就当被狗咬一口好了。难道你还能跟一条狗纠缠,问他为什么不咬别人偏咬你?别说那狗说不清楚,就是说清楚又能怎么样?还不如早早去打狂犬疫苗,打完了,该干什么干什么去。

贫贱夫妻百事哀

很多人说如果不要孩子,不结婚也一样。其实,不一样,即使不要孩子。

原本说好不办婚礼的,第一我讨厌婚礼这种形式,无论是中式的还是西式的,有什么可祝贺的?难道一个男人找到一个女人是特别了不起的事情?第二我们穷,没有钱。所以我们的结婚很简单,两个人手拉手地到民政局办了手续,就算结了。说心里话,刚结婚的那些天,觉得和谈一场新的恋爱没有太大的区别,多数时候感觉幸福美好,总想多找一些时间在一起,而为一点小事情吵起来的时候,则不依不饶一定要弄个水落石出明明白白。现在回忆起来,如果我们之间没有那张"纸",也许我们早已经各走各的路了!

大概是新婚的第二天或者第三天的样子,他对我说要举办一个婚礼。我很吃惊,问为什么?他说是他父母的意思。我能说什么?从那一刻起,我才意识到,婚姻对于一个女人究竟意味着什么。假如我只是选择和这个男人谈情说爱,甚至同居,他的父母会对我提要求吗?显然不会,不但不会,还得客客气气的;可是一旦结婚，人家就会认为这是自己家娶媳妇，是自己家的事情，既然是自己家的事情，当然人家说怎么办就怎么办了。人家选的日子，人家选的时辰，请了多少桌我现在记不得了，总之百分之九十以上的人是我不认识的。办就办吧，结婚那天，我一个人只身赴会，人家说娘家怎么没来人？我说娘家的人都在美国呢！我的家庭关系极其简单，只有一个妹妹一个妈妈，但是他们家则完全不同，满地跑的孩子我就数不过来，都是跟我沾亲带故的。

好了，婚礼办了，应该结束了吧？早着呢，所有的事情才开了头——他的父亲慈祥地对我们说，你们刚结婚，暂时就不必给家里钱了。

我听着陌生，什么什么？我还要给他们钱？后来我才知道，这没有什么稀奇的，爹妈养大你，不跟你要钱的那是少数，多数是要回报的。当然话说回来，这也是儿女应该尽的孝心。我听他父亲这么说的时候，立刻回想起来，在我十几岁的时候，每个月我外婆都要到邮局取十五元钱，那是三个舅舅寄给她老人家的生活费，她也不花，直接存起来，说起来辛酸，就那么攒了一辈子，一直到自己最后病重，也没有享受到什么。

现在知道了吧？做了人家的妻子意味着什么？孝敬老人照顾长辈逢年过节以家庭为单位走亲戚串门子给小孩压岁钱给长辈买礼物，都是分内的事情！

是谁说的？婚姻就像泡泡糖，最初的那层甜蜜过去以后，你就只有不停地吹一个一个泡泡，安慰自己，说自己的泡比别人的圆比别人的大。我新婚的那层糖衣很快就融化了，消失得无影无踪，生活进入短兵相接的状态。

我老公是一个喜欢方方面面都照顾得很周全的人，他喜欢热闹，喜欢请客吃饭，他对我说：不能让人家说我重色轻友吧？

好吧好吧，我们来排排顺序——首先不能娶了媳妇忘了娘，爹娘是一定要排在我们夫妻关系之前的，这也符合"父父子子"的次序；其次手足情深，他有两个姐姐一个弟弟，这是一奶同胞，当然也要比我重要，老婆是可以换的，兄弟姐妹是不可以换的；第三还有哥们，男子汉大丈夫当义薄云天，哪能儿女情长英雄气短？第四还有老板，老板的脸色当然比老婆重要，那是给你付薪水的人，怎么可以随意得罪？还有第五第六，我都懒得再往下排了，估计一个巴掌排完了，还轮不到我呢！早知道婚姻是这样的，为什么要结呢？同居不是也很好？喜欢在一起，不喜欢分开，至少不会下班回家，房间里乌烟瘴气都是人，喝着啤酒聊着闲天，你还搞不清楚谁是谁的时候，就有一群人跟你叫"嫂子"，按照咱中国人的规矩，给人家当"嫂子"应该怎么当？为了让老公在弟兄们面前有头有脸，做老婆的就应该端茶送水留客吃饭。而且这些弟兄们有了难处，跟当大哥的开口，"嫂子"应该一马当先立刻拔下头上的"金钗"。问题是第一，我没有金钗；第二，我不习惯过于复杂的情义。我受的教育和成长环境中，一直是奉行"君子之交淡如水"的。

当然，所有的问题中最严峻的问题是我们穷，假如我们有钱，这些问题还是问题吗？给所有的亲人买一栋别墅，再请上一个排的菲佣，再给他们每人一百万，想干什么干什么，有什么难的？回乡省亲，父老乡亲们都得净水泼街，我们银行里有好几个亿的钱闲着呢，正打算投资故里造福家乡呢！求我们安排个工作，求什么求，都是乡里乡亲从小撒尿和泥长大的，说吧，想干什么？直接给你两千万自己创业行吗？亏了算我们的，赚了算你们的？但是我们穷，我们卑微，我们做不到这些，可我们又想让亲人们觉得我们特别出息特别成功，你说我们怎么办呢？只有疯狂地去赚钱！

我们根本没有蜜月，我们拼命工作努力寻找机会，我们一大早就去上班，一直到半夜才回来，年轻，不多干一些什么时候干？他是穷人，我也是穷人，即使我们安贫乐道，但是做长辈的是否都接受这一现实呢？他不愿意让人家说他"娶了媳妇忘了娘"，我更不愿意。他结婚前给不给家里钱，不关我的事情；但是现在我做了他老婆，他给不给家里钱，给家里多少钱就关系到我的名誉。我宁肯自己吐血，也不能让人家挑出我什么不是来。

唉，屋漏偏逢连夜雨，我们那段时间不管多么努力，总是会有各种各样的不幸等着我们，比如说丢钱包，比如说失窃，比如说有人跟我们借钱，是很急的钱，要动手术之类的。记得有一次，我出差回来，跟他说要他打车回家——我们新婚以来在一起的时间非常少,不是我出差就是他出差,忙啊!为了挣钱,容易吗?

结果一直到很晚很晚他才回来,而且脸色非常难看——后来我才知道他把单位的手机丢了,是在公共汽车上,被人偷的,偷的时候还有感觉。

我当时放声大哭,那个手机很贵,大约值七八千,我那个时候一个月收入只有一千多元,他最高峰的时候也只有两千元。而且他弟弟那边又买了新房,我们不能不意思意思,这可怎么办?我哭得昏天黑地,不停地问:为什么你不听我的话,打车回家?

我哭到半夜,几乎是哭着睡着,他劝我别哭了,哭坏了身子,还要花钱;可是我的眼泪就是止不住;最后他说你哭得我心都熟了,说完眼圈也红了。那个手机,大概让我哭了一个星期!

实事求是地说,在结婚以前,我好歹还算是一个单身中产,自给自足,经常有人请我去吃喝玩乐,完了还有车送我回家,偶尔去电视台打打工,手头挺宽裕的。但是为什么结婚以后我就成了一个穷人,连一部手机都丢不起?我打破脑袋想啊想啊,终于想明白了!因为结婚以前,没有人把你当作一个成年人来要求,但是在结婚以后就不一样了,你的钱不再是你自己的,你的生活也不再是你自己的,你要知道单身的时候你是一个人生活,同居的时候你是生活在两个人的世界里,但是一旦结婚,则意味着你要和一群人生活,至少在中国的大部分地区是这样的。为什么说婚姻是恋爱的坟墓,现在知道了吧?你的爱有多深,你肩上的担子就有多沉！挑不动，活埋了你都没处申冤！

贫贱夫妻百事哀。结婚没多长时间，我发现自己已经火速怀孕，怎么办？我们两个坐在新婚的房子里，想都不敢想将来的日子——谁来照顾孩子？请他母亲来？我们当时的房子只是一间不到二十平米的半地下室！送到他老家养，既然那样又何必要生？我几乎可以想到我日后的生活，蓬头垢面斤斤计较，一手拉扯着自己的孩子，一手照顾人家的父母，还剩两条腿要艰难地往前走，去上班去挣钱，而且我还有自己的白发亲娘要赡养，天哪！什么时候能熬出头？等自己孩子大了就是头了？再把自己这辈子没实现的愿望转嫁到下一代身上？这样一辈辈一代代什么时候是完？我老公说别要了吧，让所有的苦都结束在我们这一代，我们要是没有能力让孩子幸福，又何必让他在二三十年后面临我们的痛苦呢？

但是，苦难并没有完全结束，在我打掉孩子当天，他家就打来电话，说要他和我一起回家，因为他的弟弟住院了。能不去吗？不能。因为他们并不知道我刚做了手术，而他也不愿意让他们知道这一点。

终于到摊牌的时候了！说吧，我们还要不要一起生活下去？这种昏天黑地的生活到底有什么意义？既然是亲人，为什么不能说实话？既然是亲人，为什么不能互相体谅？重色轻友有什么不对？为什么不能坦白地对亲人说——我，您的儿子不过是一个小人物，一个月请三次假，就拿不到奖金，工资还要扣掉一半，并且面临下岗威胁？您的儿媳妇也不是传统的农村妇女，她读了很多年的书，想做很多事情，她不想这一辈子生活在厨房和餐桌之间，她永远也不可能满足于这种锅碗瓢盆的生活。为什么说不出口？穷有什么害羞的？这可耻吗？

我对我的老公说我什么都没有了，原来对婚姻的所有期望都破灭了——一个时时刻刻爱我的老公，烛光晚餐，美酒咖啡，生一个漂亮健康的孩子，买一辆车，住一间屋子，没有人打扰，包括亲人的打扰。我说我没有想到，一切就这么破碎了。这一次，是他沉默了，他说是他把生活想得太容易了。

其实，很简单，我们的问题出在我们都太要强，而我们又没有那么强的能力。我们没有学会实事求是地对待生活，做得到的事情做，做不到的事情说不好意思。自己有的时候，慷慨地给别人；自己没有的时候，坦白一些，这有什么难的呢？新婚，生活给我们上的第一课，就是要"诚实"——不仅诚实地对待自己，还要诚实地对待亲人。否则，你就等着被生活活埋吧，我知道婚姻这座公墓中已经埋了无数无数的爱情！现在想起来，我们算幸运的，我们在被活埋之前，意识到了这个问题，而不是像很多人，他们活埋了自己的感情，又继续活埋自己孩子的，子子孙孙无穷无尽地活埋下去。

记忆中的男老师

我一直到高中,才有机会碰到男老师。不知道为什么,在我们学校,特级老师,有口碑的老师都是男老师,尤其是数理化。那个时候,他们只教最好的班级最有希望的学生,所以能轮到他们给你上课,是一种荣誉。

我上高中的时候,社会上普遍重理轻文,到文理分科的时候,只有成绩最差的学生才会去上文科班。我是一个有虚荣心的女孩子,当然不会去文科班;所以我就待在理科班,混在一群朝气蓬勃的同学中间,享受着被"最好的老师"授课的荣誉。

在我印象中,数理化全是男老师教,连班主任也是男老师。大家从分班第一天起,就渴望成为老师的关注焦点。我们老师喜欢那种上课积极发言,发言的时候充满自信,声音清脆响亮的学生,而我显然不是,我带着一个大眼镜,沉默寡言,说话的声音比蚊子还小。不过,这不意味着我没有虚荣心,我也有的,所以我努力学习各门功课,争取考出好成绩,因为老师总是会关注到成绩好的学生。

就在我稳扎稳打做种种努力的时候,我们学校来一个教体育

火腿蛋的故事

"火腿蛋"的故事是我从一个朋友那里听来的,他也是听来的,不过是听他的下属讲的。讲故事是需要环境的,我的朋友在单位是领导干部,处处以身作则,他的下属是一个刚刚毕业不久的大学生,人聪明能干但是群众反映为人不够谦虚谨慎,我的朋友也觉得这个大学生本质不错,但是缺乏鞠躬尽瘁死而后已的精神。所以作为一名负责任的领导他就把这个大学生叫到自己的办公室,跟他谈话并且透露给他群众对他的反映,希望这名大学生能够多有一点奉献精神,为此他还举例说明什么叫奉献精神,比如说应该不讲条件,自觉主动地为集体服务。

大学生转了转眼珠子就给自己的领导即我的朋友讲了一个"火腿蛋"的故事。大学生说在农场里有一只鸡一头猪,过年了,鸡对猪说:主人对我们很好,我们应该为主人做点自己力所能及的事情。猪说:好呀好呀,做什么呢?鸡说咱们给主人做一个火腿蛋吧。猪说不行,你就是贡献了一个副产品我却会落下终身残疾。

我朋友冷下脸,他问那个大学生讲这个故事是什么意思?是讽刺自己作为领导不够以身作则吗?

那个大学生说非也,恰恰是您太以身作则了。大家在一起做事,是要有一个规章制度的,几点上班几点下班,多劳多得不劳动者不得食,都应该是明文规定。不能拿哪个领导干部的行为来规范大家的行为。您有车,下班高峰的时候晚走一会儿不要紧,我住在郊区,回家要倒三趟车,加班晚了,郊区车收得早,最后一趟就得打的回家。所以说您以身作则加个班就是晚回家两个小时,我可是要半夜才能摸回去,电梯没了还得在漆黑的楼道里爬楼梯,一问有没有人给报的票就成了讲条件了。您看您就是鸡,以身作则贡献一个鸡蛋,我们做群众的呢,要是跟着您做贡献,日久天长就成了残废。

我的朋友跟我讲这个故事,是为了得出一个结论:现在的大学生真不得了。我们那个时候,上面一句话,下面忙半天。讲过什么条件!在部队的时候,为了表现积极,早上大家都抢笤帚扫厕所,后来起得越来越早就为了抢笤帚,最后有一个人晚上抱着笤帚睡觉,心说你们谁也别抢。他就是那个最早抱着笤帚睡觉的人。

我说你生活在什么时代,别人挥手你前进的时代,人家生活在什么时代,你给钱我干活公平交易平等互惠的时代。所以,人家不喜欢动不动就以身作则,人家喜欢现代管理制度,有分工有协作,什么位置挣多少钱负什么责任清楚明白。再说,"以身作则"是人治,这几年查出多少大贪官,平常在单位还都是"以身作则"的好干部呢。

过渡时期的父亲

在所有的节日里，与我关系最少的大概是父亲节——因为我父亲去世得早，我姑姑常跟我说：你爸爸没有福气啊，他没有看到你和你妹妹的出息。

据我个人观察，我这一代人的父亲基本上都属于没啥福气的——工作重，工资低，上有老，下有小，旁边还有男女平等的老婆，所以既无法像古代父亲那样，享受封建家长制的威严，也无法像现代父亲一样和儿女像朋友一样相处。他们是过渡时期的父亲——对待自己的父母，他们必须按照过去的规矩，孝字当先，而对待自己的儿女，他们又知道不能棍棒出孝子，他们是真难啊。

有一次，朋友送我两张票，八百元一张，两张要一千六百元。是肯尼 G 的演出。本来不想去的，离我家太远，而且那天还下过雨，太冷。我又是感冒末期，我妈说好容易快好了，别再着凉生病。

因为心疼钱，最后还是和老公去了。肯尼 G，我在很多酒店的大堂听过播他的 CD，其中最经典的是那首萨克斯《回家》。

听到一半，头痛得厉害，就伏在老公的膝盖上，昏昏欲睡。这个时候我听到了《回家》，我忽然想起了我的父亲，我的父亲已经去世很多年了，大概是在我的中学时代，那个时候我很叛逆，认为他所有说的做的都是错的。

现在想起来，我几乎没有认真地叫过他几声"爸"，开始的时候是因为羞涩，我从小就被送到南方，一直生活在外公外婆身边，等到长成一个大姑娘的时候，才回到北京的父母家里。人家指着一个男人对我说："叫爸叫爸"，我怎么也叫不出来。后来就一直很叛逆，更少叫了。那个时候，父亲的单位还发电影票，我很少看电影，也不喜欢看。但是我父亲对看电影非常有兴趣，每次从拿到电影票就开始兴奋，一直要持续到看过电影好几天。当时最好看的电影是《少林寺》，单位的票是按科室发的，有的科室这星期看，有的科室下星期看，我父亲的科室恰巧被安排在比较靠后，所以他就一直处在兴奋阶段，每天回来都说《少林寺》这样《少林寺》那样，其实他还没有看呢。

一直到那天中午，他高高兴兴地一边吃午饭一边说："晚上我就可以看少林寺了，听说是武打片，非常好看。"下午的时候，我去上学，一个同学约我晚上和她一起去看《少林寺》，那个时候很看重同学友谊的，我立刻答应。答应之后想起来我没有票，只好在吃饭的时候硬着头皮跟我父亲说：晚上我想去看《少林寺》。

父亲至少怔了一分钟，他说：你不是从来不去看电影吗？

我任性：今天想看。

父亲默默地吃饭，我也默默地吃饭。然后我听见父亲说："好

· 194 ·

吧，先吃饭。"接着他就叨唠我的学习，说我应该把成绩再提高一点，还说我应该养成好的生活习惯。最后他问我："爸爸这些话你都听到没有？"

我点点头，对他的话我很少点头的。但为了电影票。最后，我父亲从上衣兜里掏出叠得平平整整的电影票，给了我，给我的时候还嘱咐我以后要听家里人的话。我心想家里人不就是你和我妈吗？你为什么不直接说让我听你们俩人的？

那天，我欢欢喜喜地去看了电影，回家父亲问了我好几遍"好看吗"，我说："一般吧。"他说："我早知道你们女孩子不喜欢少林寺。"口气中略带遗憾。

没有过多久，父亲就生病了，先是高烧后来就卧床不起，几乎去了北京所有的医院，最后就一直住在医院。有一次，我去医院看他，他正在看《大众电影》，上面有《少林寺》的剧照。他见我来了，就放下杂志，口气很随便地问："现在《少林寺》还演吗？"我说："不知道。""要是演的话，就去看看。"我没有接下茬，我和我父亲的话一直很少，一般是他找话跟我说，这次他没有找话，我也就没什么可说的。

很快，我们就接到了父亲的病危通知书，一次比一次急。最后的最后，我们全家都忙着给父亲找药找大夫找他想吃的东西，那个时候多难啊！买布要布票买肉要肉票，即使是最普通的鸡蛋，也要凭证供应。只有我满北京地跑，我要找一家放映《少林寺》的电影院。我当时心中有一个迷信,只要我能找到《少林寺》,父亲的病就可以好。我没有找到,那个时候电视还没有普及,至于 DVD、VCD 基本属于科学幻想。所以要想看一场放映过的电影几乎是妄想。

我不知道为什么在多年以后,发着高烧听肯尼 G 的时候,忽然会想起父亲!我坐直身子,满耳朵的《回家》,我想到父亲,我英年早逝的父亲,在他活着的时候,我总是喜欢做出一副"我不在乎你"的样子。而我的父亲一见我那种表情就气不打一处来。他经常会生气地对我说:"我是你爸爸。"而我则玩世不恭地顶撞他:"那又怎样?再说谁来证明这一点?"

现在想想,当初我父亲之所以把电影票让给我,也许并不是出于他疼爱我,而是他希望我能把他当作真正的父亲,像我妹妹那样,有什么事情都找他说,有什么问题都找他解决。而我一直到他去世,也没有做到这一点。我依然是个沉默敏感寡言少语的孩子,而我的父亲他根本不知道我为什么有的时候哭有的时候笑,是的,我们那个时候谁也帮不了谁。对于我父亲来说,他还没有亲眼看见过女儿的咿呀学语和蹒跚学步,这个女儿就长大成人了!而对于我来说,我永远觉得父亲只是我妹妹一个人的父亲,而不是我的,因为在我的成长过程中,并没有一个父亲。等到父亲真的出现时,正是我最叛逆的年龄。这个时间段很短,但刚巧被我父亲全程赶上。

我忽然非常希望他知道，我当年曾经疯狂地沿着北京所有的街道寻找电影院，我问每一家电影院什么时候还会再放《少林寺》。是的，我为什么不让他知道我曾经这样做过？为什么在他躺在病床上的时候，我不告诉他我所做的这一切？为什么那个时候，我是那么骄傲那么骄傲的一个女孩子呢？

没有只涨不落的股市，
就如同没有一帆风顺的婚姻。

我的父亲在肯尼 G 的《回家》中复活，他或隐或现，环绕着我。我忽然非常希望他知道，我当年曾经疯狂地沿着北京所有的街道寻找电影院，我问每一家电影院什么时候还会再放《少林寺》。是的，我为什么不让他知道我曾经这样做过？为什么在他躺在病床上的时候，我不告诉他我所做的这一切？为什么那个时候，我是那么骄傲那么骄傲的一个女孩子呢？以至于我父亲一直不知道怎样努力，才可以使我们成为一家人。如果父亲在天有灵，他是否能够知道我在他病危的时候没有守在他的身边，是因为我在找他喜欢的《少林寺》？！

我潸然泪下，老公问我怎么了，我说我想起我爸了。我老公惊讶地望着我："你不是说你从小没有生活在你爸身边，很早的时候你爸就去世了吗？"

我说"是"，一边说一边泪流满面。我的老公拍拍我的肩，问说："你不是烧糊涂了吧？你不是说你对你爸早没印象了，长什么样都忘了吗？"

我的母亲

从小到大，我写过无数作文，其中很多成为范文，就是被老师当堂朗读的那种，但是我从来没有写过《我的母亲》。每次命题作文，只要是《我的母亲》，我就恳请老师给我换一个题目——我的理由只有一个，我是被外婆带大的，我要写《我的外婆》。

我不肯写我的母亲，因为我不知道如何写她——她绝对不是一个普通的母亲，她和我所有同学的母亲都不一样。她小姐出身，上过大学，不会做任何家务，走在街上永远挺胸抬头，在年轻的时候，吃过北京所有的馆子，去过北京所有的公园，在那一辈妇女中，像她那样的女人是不多的。我为有她这样的母亲骄傲，但是她为有我这样的女儿自豪吗？

我是一个南方孩子，刚到北京的时候，由于口音以及个子矮小，常常被人欺负，最初几个月，没有一天我不是哭着从学校回来的。有一次，我在饭桌上哭得泣不成声，外婆看着心疼，对母亲说："你总要管一管，去找找校长或者其他孩子的家长。"母亲瞟了我一眼，问了一个我那个岁数根本不可能回答的问题："为什么那些孩子只欺负你，却不欺负别人？"

这个问题几乎伴随了我整个成长——无论我受了什么委屈，无论我得到多么不公平的待遇，我永远会先问我自己：为什么是你不是别人？有没有你自己的问题？

个子矮小我无法改变，但是口音我则彻底改掉了——现在即使我告诉别人我是南方人，人家都会说不可能，为什么你没有一点口音？我心想，你知道我是怎么做到的？我是跟着中央人民广播电台学舌学出来的！

母亲和我外婆的最大分歧在于，我母亲坚持认为不要给孩子任何可以依赖的幻想，要告诉孩子真相：你不是最优秀的，你不是最好的，这个世界上有比你更强的人，你想要过更好的生活不是错，但你要自己争取，即使身为你的母亲，也没有义务为你提供你所要的一切。你有本事，你就自己去挣，没有本事，就不要抱怨。

记得刚工作的时候，第一次出差，下了火车发现钱没有带够，给母亲打长途，希望她能从我的工资卡里给我取出一千元钱快寄给我，母亲愤怒地说："你去出差为什么不带够钱？你妈妈不是家庭妇女，哪有那么多时间给你干这些事情？"

我在电话里哭了——后来她当然是给我寄了钱，但是警告我下不为例。的确，后来我没有为这些鸡毛蒜皮的事情麻烦过她，因为她不止是一个母亲，而且还是一个教授级高级工程师，她有很多更重要的事情。

曾经我很为自己的母亲不是那种传统型的母亲而遗憾，但是现在我不这样认为了——命运给了我这样的母亲，而她也造就了我独特的个性，为此我真的很感激她——因为她，所以才有我，因为她有个性，所以我才有个性。她不是不肯为我做出牺牲，她只是不肯为我做出不必要的牺牲。

2003年，某一天深夜，我被送到医院急诊，母亲当时正负责宝钢项目，她赶到医院时，大夫告诉她我病情严重，刻不容缓，需要马上化疗，她当机立断办了退休，从此整整半年的时间，起早贪黑风里来雨里去。她甚至对亲戚说："如果能够一命换一命，就让我换了她吧。"

我常常想，母亲为什么甘愿用自己的命来换我的命，却不肯给我一点点依赖和幻想呢？即使在我生病的时候，她也从来不像有的母亲那样说些"善良的谎言"，她似乎从来就不认为我承受不住真相的打击——她是直截了当跟我说的：你生的病叫恶性滋养细胞肿瘤，如果不化疗，你活不过半年，如果化疗，你有50%的胜算。即使化疗结束，你也不能像以前那样过日子，你必须常常到医院检查，防止复发。在协和医院的记录中，曾经有十八年以后的复发患者。

我当时差点疯掉，我对她说，我的生命是我自己的，我不打算治疗，我要用最后的时光去周游世界。

她冷静地告诉我：第一，现在不是最后的时光；第二，你的生命不完全是你的,你这条命是我给你的,你要为我活下去。

我想如果我的母亲不是这样一位母亲,我会成为今天的我吗?我现在还能活着写这些文字吗?她帮助我发现了生命中另外的意义,她让我成为我自己,但又让我懂得,我的生命并不是任性地属于我一个人,生命之所以可贵,并不仅仅在于它对于每个人只有一次,而且还在于它的广度和厚度——就像我母亲对我说的那样,如果你拒绝化疗的唯一原因,是因为你害怕痛苦,那么你以为你去周游世界就能真正快乐吗?我想她说得对,感谢她让我懂得,生命本身就是包含苦难的。多年以前,如果她不肯经历苦难,那么就不会有我的生命;多年以后,如果我不肯接受化疗,就不会活下去。所谓"痛快",没有痛苦的"痛",怎么会有快乐的"快"?

好日子的理想含量

我曾经是一个理想主义者，很多像我一样的人都曾经是。我们从小是看着居里夫人的连环画长大的，中学的英语课本里就有爱因斯坦的故事。高中文理分班的时候，我并不十分喜欢理科，但是当时学校里正在播送"女科学家修瑞娟"的先进事迹，我激动万分，立刻觉得应该把有限的生命投入到无限的科学研究中去。我上了大学之后，很快发现一个残酷的事实——我再怎么努力也不可能成为一个科学家！就像我千百次地走过苹果树下，即使每天有一个苹果正好掉到我头上，也不可能从我脑袋里砸出一个"万有引力定律"来！我当时很绝望，正在绝望的时候知道了一个叫"法拉奇"的女人，她是一个有名的女记者，采访了无数世界名人，我想这样一个理想对我应该是容易一些的吧？

后来我怀揣着一个"法拉奇"的梦想到了报社，我每天都在梦想着——也许再过几个月，我就可以成为法拉奇；也许再过半年或者一年。到第三年的时候，我感到失望，我发现我根本没有机会成为法拉奇，我无法想象美国总统或者英国首相会接受我的采访，我也看不到任何这样的可能性。我只是一个普通的做社会新闻的记者，即使再出色，也还是社会新闻。但是我不肯放弃希望，为此，我坚持着努力着，比如说练习英语，练习采访技巧，并且我常常陷入焦虑。

直到有一天，我和一个领导谈话，我跟他说我有一个梦想，我想成为法拉奇。我的领导看了我很久，对我说："很多人都有梦想，有的人的梦想实现了，有的人的没有。你看周围有很多普通的人，他们并不是没有梦想，只是他们恰巧没有实现自己的梦想而已。难道没有实现梦想就不活了吗？你就从来没有想过如何做好一个普通的人，做好日常的工作？没有实现梦想没什么丢人的，毕竟这个世界上能够实现梦想的人很少，问题是你考虑过假如你恰巧是多数人怎么办？就是不能实现梦想的那一部分人怎么办？你不过了？"

在此以前，我从来没有考虑过假如我没有实现梦想，我的生活将会怎样！我觉得这是不可想象的事情。后来我的领导对我说他年轻的时候也有梦想，他的梦想是做一个快意恩仇的侠客，练得一身绝世武功，能在万千人中直取敌方首级。他说得气势恢弘，我一下子乐了。他问我："你笑什么？"我说："你是上学的时候武侠书读多了吧？"我的领导反问我："那么你是什么书读多了呢？"

现在回过头想一想，年轻的时候，谁没有梦想？就像我的领导一把岁数跟我说想做一名侠客让我觉得好笑一样，估计我想做"法拉奇"也让他觉得好笑。我的领导并没有因为没有实现侠客梦就不活了,相反他生活得非常好。我在那一年结了婚,发现了平常生活的乐趣。当然理想主义者会批评我,认为我背弃了理想,我不想为自己辩解,我只想说:"我选择了生活。我没有放弃追求,只是我的理想改变了,我现在的理想是过好生命中的每一天。"我还想说,"好日子"不是拒绝理想,但是其"理想含量"一定要适中。太少,庸俗;太多,痛苦。

要很耐烦地活着

北京有句骂人的话："你活得不耐烦了吧？"

按照眼下流行的"浓缩生活"的方式，我觉得已经有越来越多的人不会耐烦地活着了——我认识的很多人都忙得四脚朝天，几乎没有个人生活可言，无论是周六周日法定节假日，还是夜半无人私语时，他们如果不是在工作，也是在想着工作。他们只知道"上山上山爱"，但是却从来不肯停下来看看林间的风景——"会当凌绝顶，一览众山小"，即使作为一个职业登山家，也不能一天二十四小时在攀登吧？好歹也需要给自己一些休整的时间？为什么现代人不肯让自己轻松一点点？似乎如果人生不时时刻刻处在焦点，从胜利走向胜利，他们就受不了，他们对自己说受不了平庸地活着，实际上我猜他们是不习惯真正的生活——他们把人生过得像一场演唱会，非得一个高潮接一个高潮，稍微观众反应淡一点，他们就觉得"平庸"了，就非得声嘶力竭要"掌声鼓励"。

知道陈逸飞去世的同一天，我的一个朋友的老公突发心脏病，几个小时前还在跟我们说最近太忙，下周有空一起吃顿饭。他是一个标准的时尚先生——讲求生活品位，懂得生活质量，在北京和上海都置有家业,喝葡萄酒要喝有年份的,抽雪茄只抽古巴本地的,西服一定是量身定做,如果要和他约时间,他一定要说等我CHECK一下我的日程,他不是故意矫情,是确实太忙,忙得必须按照日程表生活——这个小时做什么,下个小时做什么,什么时间留出来给哪些重要的客户,总之所有的事情都排在个人私事的前面——而所谓个人私事不仅包括个人生活、还包括老婆、孩子、朋友,他没有任何特别的个人爱好,他所有的爱好都是客户的爱好,比如他爱好高尔夫球,那是因为工作需要;他爱好最新款式的手机,那是身份的象征。他活得很"精品",只是活得太短暂——三十六岁。

吊唁回来,心情很不好,路上听收音机,一个时尚女孩子的声音在坚定自信地表达着自己:"我生来就不是要过普通生活的,我要成为所有的人的中心,所以我一直在很努力地打拼,我可以连续几个月无休止地加班,然后疯狂购物,最疯狂的一次是在香港,三小时内花了五万元。我喜欢这种具有速度感的生活。我从来不攒钱,我要买最好的衣服,穿最好的鞋,拎最漂亮的包,我不在乎生命的数量,我在乎生命的质量,我可以不必活得那么长,但是我要每一天都按照我的心愿过。"

又是一个活得不耐烦的人!

我家阿姨不明白的事

我家小阿姨管我叫姐,管我老公叫哥。有一天她问我:"姐,哥挣的钱多不?"

我说我也不知道。这太让她震惊了——"哥不给你钱吗?""不给。""你跟他要他也不给吗?""我没跟他要过。我自己有工资。"

她勉强笑了笑,看我的眼神不是佩服,是怜悯。

我家小阿姨除了给我家收拾房间,还给附近好几户人家做。有一天,她跟我说,她做的一家是一个二十出头的小姑娘,长得有模有样的,但怎么就跟了一个五十多岁的外国老头子,那洋老头眼窝都陷进去了。我说那怎么啦?她说叫我我不愿意。我差点脱口而出:所以你给她做小时工。但是话到嘴边,我改成"人各有志"。

小阿姨跟我说,她今年三十岁,有两个孩子,放在老家奶奶给带,她跟丈夫都出来在北京打工。然后她问我,姐,你孩子呢?

我张了半天嘴,说:哦,我没孩子。

小阿姨立刻一脸悲悯,问:怎么没孩子呢?

我硬着头皮，一时还真不知道怎么跟她解释明白。

小阿姨马上劝我：要一个吧。你不要孩子，以后哥就不爱在家待着了，挣钱也没动力，挣那么多干什么？连个孩子都没有。

我心说，那些有孩子的男人难道都爱在家待着吗？

我家小阿姨还做着一家优秀大龄女青年的小时工，在她嘴里，那位姐姐又漂亮又能干，一个人买了房子买了车，衣柜里数不清的漂亮衣服，鞋柜里数不清的漂亮鞋子，但就差一样——老公。

她替人家急，说：这要在农村，早急都急死了。

我说：我们也急，可急管什么用。心急连热豆腐都吃不了，更何况是终身大事了。

她说在他们农村，有剩男没剩女，只要想嫁，很快都能嫁掉。她说她婆婆嫁了三次人，跟第一个丈夫生了两个孩子，丈夫去世了，然后跟了第二个丈夫，这第二个丈夫不但比她小，还是从来没有结过婚的呢。家里条件差，没有媒婆给说媒。她婆婆新寡不久，刚一露出改嫁的意思，媒婆就跑上门来。前年这第二个丈夫病逝，她婆婆现在嫁的是第三个。

我跟她说，城里跟农村不一样。农村十里八村，知根知底，而且老有热心的人给撮合，看着差不多条件一合适就在一块过了，但城里吧，首先就没人给你张罗这事儿，大家都是五湖四海奔到这儿来的，谁有空管谁的闲事儿？其次，每天上班下班忙得跟上了弦似的，除了跟同事打个情骂个俏，还能跟谁？

我家小阿姨跟我说,她十年前结的婚,男方给了她两万彩礼,还盖了一栋房子,在农村,生女孩子,其实是赚钱的。从结婚到现在,老公挣的每一分钱都交到她手心里,她每月再给他老公一点零花钱。她说,他们就是比我们穷一点,但有儿有女,拖家带口,这才叫过日子,我们虽然比她有钱,可是没孩子的没孩子,单崩儿的单崩儿,找老头的找老头,这过的叫什么日子啊!

我想想,也是。

高考和命运

我们高考的时候,大学还没有扩招,那个时候,整个社会讲究"真才实学",考大学如果报个中文系什么的,都会遭人耻笑——那说明啥?说明你除了死记硬背不会干别的。

高中文理分班的时候,我妈非要我去读理科,理由很简单,文科用花四年时间吗?结果临到报志愿,才发现问题:学医吧,我怕血;学农吧,我怕晒;学精密仪器吧,我视力差;学军工吧,人家不要女的。当时我对人生抱着一种不可救药的浪漫态度,一心要去学地质学远洋学航运,总之非要学点跟野外沾边的东西,最好一年四季风餐露宿的那种,把我妈急得不得了不得了的。她大学的专业是工业企业自动化,我父亲的专业是电机,她苦口婆心地跟我说,我们国家要实现四个现代化,所以这两个专业都是最有前途的。无奈我那个时候逆反得很,没听她的。

我妹比我小两岁,考大学那年,我妈正在日本。那个时候不要说手机,连电话都不是谁想装就能装的,更遑论国际长途,我妈在日本两年多时间,大概只跟家里通过这么一次话。当天晚上我陪着妹妹去了我妈单位,办公室的阿姨看着我们,眼里泪光闪闪，她大概觉得我们挺可怜的——父亲早逝，母亲远在异国，遇上这么大的事连个商量的人都没有。

七点整，电话响了，是我妈打过来的，我根本一句没捞着说，我妹拿着厚厚的一摞招生简章，不知从何说起。我妈简短截说，告诉我妹，第一志愿，清华电机系。理由很简单，那是我们父亲的专业。我妹问其他志愿呢？我妈说其他志愿你自己定吧，然后挂断。我妈很自觉，从来不沾公家便宜，这一次为了我妹的第一志愿用了公家的国际长途，已经是破例了，哪里还能奢谈其他志愿？

后来我妹上了清华电机系，学制五年，毕业以后我妈授意她去水电部，离我们家又近，福利又好，而且以后上三峡工程也有用武之地，我妹不肯，死活闹着要出国深造。后来她就拿了全额奖学金去了美国，再后来去了爱立信，再再后来，到了爱立信的北美基地，那个基地在加拿大的蒙特利尔，一年有半年是冬天，冬天温度在零下四十几度。前一阵，我妈生病住院，我妹回来看望，同病房的人还以为我妹是我们家的乡下亲戚。她穿得那叫一个朴素，既不打扮也不化妆，头发根本谈不上型，就那么随随便便用发卡一别。

我妈闲暇的时候跟我感慨：你说那个蒙特利尔跟咱们国家的西部有什么区别？你妹要是毕了业，让她支援西部建设，她肯定觉得委屈，噢，这到国外支援人家的西部，她就不委屈了？

我跟我妈说，主要是您不应该让她去学什么理工科，当初您要是让她学个酒店管理或者室内设计呢？最不济，像我，学个伦理学，除了混在北京，还能上哪儿混去？上人家国外支援人家西部，人家也不要啊。

人生的意义

我的朋友在 MSN 上问我,人生的意义是什么?

我知道她遇到了情感挫折,赶紧顾左右言它。我说:人生的意义,呵呵,不同的人不一样啊,爱因斯坦的人生意义是那个著名的 $E=mc^2$;成吉思汗的人生意义大概是有陆地的地方全搭上帐篷放上牛羊吧?

她说我不是问他们的,我是问你的?

我想了半天,心里面想出一句话,但我没有在键盘上敲出来。那句话是:人生本来是没有意义的,人生的意义需要我们去赋予。我们只有把我们对生命的热爱以及激情等等,注入我们的人生中,我们的人生才会显出意义。

她见我不回答,给我打来电话,说:我觉得人生对于普通人来说,一点意义都没有,咱们既不是爱因斯坦,也不是成吉思汗,世界根本不可能因为我们而有任何改变,我们为什么要活着呢?

我只好说:你只是婚姻失败,等你再找到一个男人,再找到一份爱情,你就又会觉得人生有意义了。

她说:上哪里找呢?

我安慰她：人生的意义就像新大陆，你得跟哥伦布似的，不扬帆起航，不经历雨打风吹，怎么找得到呢？你得赶紧备好船只，竖起风帆。

她说假如我要做哥伦布，我为什么不在年轻的时候做呢？我不就是不想扬帆起航吗？如果我想，我当初就像你们似的，一头扎进工作，然后学外语上研究生再咬咬牙混到国外弄一个文凭什么的。我放弃了那一切，不就是因为那个时候，我认为人生的意义全在于爱情在于家庭，在于找到一个人陪着你慢慢变老？

她不是一个心比天高的女子，她不过就是想过一份寻常的日子，但这样的日子却不容易得到。因为她的男人不想，她的男人跟她过了十年，不想再跟她重复十年。陪着一个女人慢慢变老，对于男人来说，除非这个男人自己足够老，否则他是不肯的，至少是不甘心的。男人愿意让女人陪着自己变老，像中国古代那些老不死的，七老八十了，还纳妾娶十七八岁的大姑娘。因为，人生行将结束，什么理想啊事业啊激情啊，都太需要花工夫，而他们所剩的时间已经不多了，这个时候他们就会说，人生的意义就在于过好每一天，在于珍惜眼前人。

说老实话，以前我也认为假如我们放弃掉对生命更高的追求，找一个人生一个娃，然后相夫教子岁月静好，未尝不是有意义的一生。但现在看来，这样的人生也不容易。在过去，我指的是当社会发展没有这么快的时候，当人们奉守古老的道德和传统的时候，一个普通人的一生和他（她）父亲母亲甚至祖父祖母的都区别不大，左不过结婚生子成家立业，然后中间伴有泪水争执伤害，然后激情消失，两鬓斑白，在火炉边打盹，絮絮叨叨，然后一生。这样的人生有什么不好吗？对于伟人来说，当然不够壮怀激烈，但对于咱老百姓来说，一辈子不就图个平平安安顺顺当当？可是，那是传统社会。现代社会，除非你三十岁结婚，而且嫁的是一个四十岁以上的男人，否则，你就很有可能在二十岁的时候以为爱情是生活的全部，三十岁的时候，以为家庭是幸福的源泉，但到四十岁的时候，你却被逼着重新寻找人生的意义！

北京最适合哪种女人？

我曾经很多次动过念头要离开北京，其中最强烈的一次是"失恋"——我心灰意冷意气沉沉，认为我这样的女人在北京根本没有前途，北京不欢迎我。我妈妈那阵儿不仅不给我出谋划策，还总给我列举光辉榜样，比如经常跟我提提我的哪个哪个同学，嫁了一个什么什么男人，然后人家怎样怎样。言下之意，怎么我就没那个本事？

我委屈啊——咱小门小户的人家，上哪里认识那些又帅又年轻有家底有才华的男人？穷人的孩子早当家，我很早就知道。女孩子，或者沉鱼落雁闭月羞花，即便是生在穷人家也不怕，只要肯努力，总是有机会的；或者系出名门大户人家，即便不出来混，也是皇帝的女儿不愁嫁，只看她心气有多高就是了。而像我这样的，无论是家世还是自身条件，都属于芸芸众生过目就忘型的，想在北京这种地方春风得意如鱼得水，那真是蜀道难，难于上青天。

我那阵儿一天到晚想离开北京，到某个中小城市去，我想到那种地方应该更容易混吧？后来接触一群北漂，人家跟我说：你别异想天开了，就你这样的，到小城市去，更完蛋。您研究生毕业管什么用？您二十五岁了，小城市二十五岁就该结婚生孩子了，您还现找男朋友，上哪儿找去？小城市的男人结婚早，三十而立，三十岁孩子都打酱油了。

我说谁说一定要嫁人过日子了？我就不能拼事业？我在北京不算个啥，咱到小城市好歹也能算个人才吧？人家说您要是在北京不算人才，您想到我们那儿混个人才，门儿都没有。我们小城市的人，宁肯到北京来求贤若渴！您在北京混出名声了，我们把您当人才请去，您要是啥都没混出来，就凭一张文凭，哪个瞎了眼当你是人才？

他们对我说的话，总结起来中心思想就一条，北京是最适合你这种啥都没有，赤手空拳勤劳勇敢的女人。您要是在北京都混不出来，您就别想着什么人挪活树挪死了。

很感谢北京。她没有让我在二十五岁嫁掉，三十五岁安逸，没有在我很年轻的时候就给我一份富裕的生活，一位年少多金的爱人，她让我吃了很多苦，受了很多挫折，让我哭过笑过爱过恨过寂寞过热闹过，她从不指责我什么，也不鼓励我什么，她有时很"愤青"，醉里挑灯看剑，有时很"小资"，琵琶弦上说相思。无论你想要什么样的生活，只要你努力，总会感到自己在接近目标，并且，似乎永远有和你志同道合的人，迟早会在这个城市相遇……

成功的人生至少需要一张跳板

我采访过两个给我印象非常深刻的女人——我之所以说她们给我印象深刻,并不仅仅因为她们是成功的女人,而是因为她们的人生态度。

第一个女人叫梁凤仪,她是华人世界最富有的才女——人们说,她一支笔打造出几亿资产——成功创业、才华横溢、嫁入豪门,世上女子所有的梦想,梁凤仪似乎都实现了——她创办公司,三年净赚九千万;她写小说,十年出版超过一百部;她爱我所爱,丈夫为香港商界翘楚,投资遍布世界各地——她的人生如她的一部书名"世纪末的童话",她在书的前言中说:"世纪末究竟还有没有白马王子与灰姑娘的例子?我给读者的答案是:有。但,很少。"

梁凤仪的第一部小说名字叫"尽在不言中",正式面市时她已经三十九岁——那个时候,她的第一次婚姻已经结束。一个年近不惑的离异女子,又因厌倦不同派别的办公室政治离开公司,等着她的该是什么?有谁会想到一年之后,她不仅成功加盟永固纸业成为董事,并因一段广为人知的恋情而令世人羡慕——假如你读过梁凤仪的财经小说,你很容易就能在她的小说中找到那样一位"男一号"——眉宇之间的英拔,永远让人觉得出类拔萃,鹤立鸡群;且"身份极之娇贵"——一般是香港著名世家的家族代表以及掌权人,其商业地位一言九鼎,无论是人品还是眼光都让人无话可说——梁凤仪的丈夫黄宜弘正是这样一位男主角,他出身显赫,商誉极好——不仅担任香港永固纸业有限公司主席,合兴集团副董事长,金利来集团及亚洲金融集团董事,同时还是全国人大代表,香港立法会议员,香港中华工商会副会长等,投资遍布世界。而梁凤仪本人,则非常像她自己笔下的商界女强人——短头发,脸圆圆,精明干练,性格直爽。

采访过她之后,曾经有人问我,如果她没有嫁入豪门,如果她没有后来的成功,你还会佩服她吗?我说单单是她三十九岁敢于辞职并且一生不肯与自己不喜欢的人合作,就已经让我很佩服了。

另一个给我很深印象的女人是亚洲网通的总裁张潇清,她最欣赏的一句话,是通用电气新任CEO伊梅尔特的一句话,一个好的工作应该"appeal to the head, appeal to the heart, appeal to the wallet(同时吸引头脑、心灵和钱包)"。

她的第一份工作是在一个机关当翻译,她不喜欢机关的工作,而且也不愿意自己一辈子只做一个翻译,所以她想尽一切方法离开那里——终于她如愿了,跳槽成功,她担任了瑞士联合银行北京代表处首席代表的助理——上班第一天,她就开始拜访客户,这一举动让她的老板不高兴了,老板所需要的是一个给自己安排日程的秘书,而不是一个能干的业务经理。如果是你,你怎么做?张潇清才不会让别人的意愿决定自己的人生呢,她就是要做业务,既然自己公司不允许,那么就暗中努力吧。她照样做她的助理工作,但是她很清楚做一个完美的秘书不是自己的理想,她观察别人如何做业务,并且自己买了大量的相关书籍。那个时候她在国贸上班,有一天她中午吃饭的时候,发现国贸的八层有一家公司在招人,吃过饭以后她就去了,她就职的公司在十二层,很容易就去面试了。面试之后不到两个小时,人家公司就给她打来电话,原本给她的职位是行政职位,还是做秘书,她不干,要求担任助理经理,这家公司就是AT&T中国公司,张潇清从不避讳,瑞士银行就是自己的跳板,她就是要通过这个跳板,达到人生的新高度——如果她是一个任劳任怨的员工,她至今也许还在那个公司做着自己不喜欢的秘书工作,并且战战兢兢害怕老板找到比自己更价廉物美的年轻继任者。

我可以给你一份张潇清的简历,其实许多至今在外企担任重要位置的人员都有一份类似的简历——对于他们来说,大多数人一生不只做过一份职业,他们也都有过不被老板喜欢的时候,但是他们的成功在于他们不为那些不喜欢自己不欣赏自己的人工作,他们努力展现自己,让真正欣赏自己的人发现自己。

现在我们来看张潇清的简历——1990年11月,担任瑞士联合银行北京代表处首席代表的助理;1992年7月,进入AT&T中国公司，先后担任助理经理、业务总监等职务；1997年2月，进入AT&T总部，先后担任国际业务部业务经理、国际数据部产品经理；1999年3月，担任AT&T中国公司通讯业务部总经理，负责AT&T中国公司通讯业务部的所有业务；1999年7月，担任环球电讯中国区总经理。从这张简历中，你看出了什么？

也许对于我们来说，梁凤仪是一个传奇，不是每个人都有机会在失业以后邂逅商业巨子并嫁入豪门，那么我们就说说张潇清吧——实际上，我认识很多像张潇清这样的人，他们没有一个是老老实实的等闲之辈，他们懂得自己的价值。张潇清跟我说，她从来没有一种打工的心态，她一直是很自我的，她永远在做好自己分内的事情的同时，还在找更好的机会。

我从来没有在一个外国公司的墙壁上看到类似"今天工作不努力，明天努力找工作"这类威胁性的口号——虽然许多中国本地的外企已经有点这方面的苗头，但是据我所知，在任何一个企业，得到提拔和赏识的员工很少是那些励志书里鼓吹的那类员工，如果一个企业只知道提拔这类员工，你一定可以发现这家企业在走下坡路。

一个不会对老板弯着腰说"是"的员工可能不如那些"没有任何借口"的员工更容易在一个职位上"做得久"，但人生的成功与否，比的并不是谁能在什么职位上干得更长——在香港被誉为打工皇帝的张永霖在电盈只做了三年，然后就被打入冷宫——坊间传闻，他拿了四千五百万元的离职金，但是他自己说没有那么多。他说他之所以能在离职之后自组公司，是因为他早就懂得"积谷防饥"。

对于我们每个人来说，我们必须懂得即使做到"打工皇帝"，还有可能失宠——既然这样，不如早一点给自己"积谷"。你必须在一开始工作时就明白一点，你的老板并不会因为你是一个全然听命于他的员工就保证提拔你，或者永远不让你失业，如果有一天你发达了，你昔日的老板没准儿还毛遂自荐到你帐下来呢，世间的事原本就很难说。

因此，你要懂得珍惜你的时间——你要在最短的时间内掌握你这个位置所需要的技能，之后你就要开始寻找机会。我说的寻找机会并不是说要你阿谀奉承，你不必那样——我给你讲一个故事，名字叫"勇敢地敲开老板的门"，说的是有一个人，在一个著名企业做了很多年，但是顶头上司一直没有提拔他，连他的下属都被提拔了，但是总是轮不到他，这个人很苦恼，有一天他敲了老板的门，问老板他还有没有被提拔的希望。老板对他说，没有，至少在这家公司没有。

这个人谢了老板就出来了，他人到中年，不可能轻易辞职，家里还有老婆孩子，但是他从那天起就对自己在本公司发展不抱任何希望，他到处寻找机会，终于找到了一个机会——现在他是另一家著名公司的CEO。请你相信这个故事是真实的，我之所以不肯把当事人的姓名和公司名字说出来,是不想引起不必要的麻烦。假如你怀疑这个故事,那么就请你去查查那些在中国的外企,他们的CEO有几个不是跳来跳去的?

北京甲骨文华东暨华西区董事总经理李绍唐——连他自己都说,如果不是因为"勇敢表达",老板如何才能在满眼人才中发现他——既没有任何家庭背景,又没有留过洋,而且还没有MBA之类的学历。在被任命为甲骨文台湾地区分公司总经理时,他曾令业界跌破眼镜。而当他以"心诚业勤"的领导管理风格,实现公司业绩逆势成长时,再次跌破众人的眼镜。

据报道,李绍唐从小家境贫寒,并没有很深的家庭背景,大学毕业后,从众多竞争者中幸运地进入IBM,兢兢业业地从底层做起。他在接受采访的时候,曾经这样说:"我要奉劝年轻人,出了社会,你要敢于敲你老板的门,否则你怎么知道什么时候你该离开,自己有没有前途?"

李绍唐不仅去敲老板的门,也经常去敲公司里那些高阶主管的门,问他们:"你可不可以告诉我,如何才能做到你现在的位置?你认为自己的核心竞争力是什么?"在IBM工作的第十五年,李绍唐已经做到协理。四十岁时,他勇敢地去问老板,"你老实告诉我,我到底有没有爬到金字塔尖端的机会?"

得到的答复是:"机会不大。"

IBM人才济济,企业文化非常强调"辈分"与"派系"。上司告诉他，在他的前面至少排了十个人。即使他愿意等，只怕轮到他，也是三十年以后了。如果在 IBM 做到退休，可以领一笔数目不小的退休金，但是李绍唐的梦想是做 CEO，所以，他开始寻求 IBM 之外的机会。在耐心等待了两年半之后，他等来了甲骨文台湾总经理的空缺。2003 年 6 月，李绍唐被任命为甲骨文华东及华西区董事兼总经理。

很少有人像李绍唐那样，敢单刀直入地去问老板："在未来三五年内，我是否有往上升迁的机会？"

"如果我继续保持努力，未来有哪些升迁机会？"

"如果我要做到某某职务，还欠缺哪些条件？"

其实，想穿了就没什么不敢问的——大不了得到一个否定的答复，又有什么关系？总比死待在那里，每天都在心里盼着今天老板该高看自己一眼强吧？记得采访张潇清的时候，她曾经跟我说，只要有人跟她抱怨说现在的公司不好，或者老板不重视自己，她就会劝那个人："算了算了，反正你也不喜欢待在那里，赶紧看看有什么更好的去处，你就把这个地方当作一个跳板好了。"

我想我要对你说的意思也是一样，如果你想获得成功，你就需要一块跳板；如果你离成功的位置太远，你就需要找到那些真正赏识你才华的人——中国有个成语叫"贵人相助"，你需要找到你生命中的贵人，就是那些肯给你机会的人。效命于一个只相信用所谓的"军法"管理企业的人，那对于你来说，是在贬低你的价值——你要成功，至少首先要选择成功的方向，那些坐在办公室里把自己幻想成总统和司令官的老板，是没有希望的老板，你跟着他们怎么可能有出头之日？再说，人降低自己做人的底线是没有止境的，这就像人的贪婪也是没有止境的——如果你的老板是一个妄自尊大的人，你无论怎样做，他都觉得你还不够——你已经不提供任何借口了，但是他觉得你还是对不起他，因为他给你发薪水了，这薪水他原本可以发给别的人。我认识一个公司的中层管理人员，他永远认为他的员工要对他感恩戴德——他最喜欢说的一句话就是："我其实是可以炒了你的"。他的一名手下因为无法忍受他的颐指气使，负气辞职，几年以后这名手下相当出息，成为其他公司的销售总监，连续数年使公司销售业绩稳步增长。但是当初的这名顶头上司不仅毫无愧色，反而说：如果他不是因为在我手下干过几年，怎么能有今天的成果？话传到销售总监的耳朵里，销售总监笑笑说：我现在不恨他，我只是希望他干的时间越长越好，因为他干的时间越长，他毁掉的人就越多，他的公司就越差，根本不用我去收拾他，他就完蛋了。当然他本身也不配成为我的对手，更何谈感谢还是仇恨？

我们常常说，最终的竞争就是人才的竞争——人才和奴才虽然只是一字之差，但是二者境遇大不相同。人才是独立的，正因为独立，所以具备可流通性，优秀的人才就像硬通货一样，即使偶有贬值，但总归还是硬通货；但奴才则是不一样的，虽然也有一辈子过得不错的奴才，但是那全要靠着找到一个好主子，万一主子变了脸，奴才就很难再找到工作了。

独立是很重要的。任何人的智慧别人都无权贬低，但是如果这个人把自己的利益包装成智慧，让其他人为自己的利益拼命，并因此夸奖他们是一个好员工，是企业不可多得的人才，这种"人才论"是需要我们警惕和用舆论抵制的。我还必须告诉你，独立很艰难，有可能你需要为自己的独立付出一定的代价，但正是这些代价使你获得积累，并最终过上一种无愧于你生命的生活。

惊人的容貌与惊人的才华

有一天，正逛街，接女友电话，说是与几个朋友在附近吃饭，问我要不要去。正饥肠辘辘，哪有不去之理。遂一路小碎步地赶去。

进了饭馆，远远就见女友跟三五朋友谈笑风生，但等我走过去，竟然，满桌人霎时安静，有点"东船西舫悄无言"的意思。这极不正常。我盯牢女友，拿出咱当记者时练就的"自来熟"工夫，问：你们刚才说什么？我一进门就听到了……

女友脸腾地红了。她是老实人，和盘托出，尽管中间有在座男士的竭力阻挠，但毕竟她是咱的朋友啊。

原来，在我来之前，有男士提出饭局男多女少阳盛阴衰，似有缺憾，女友立刻打电话给她几个闺密，但这现上轿现扎耳朵眼的事儿，哪儿那么凑巧，不是加班就是约会总之不能来，最后给我打了电话，结果，我一叫就来……

座中有男士便发感慨，说：这个点钟还没人约的女人肯定不怎么样啦。

女友赶紧维护咱的声誉，道：哪里哪里，是一大才女呢，智商140。

众男问：漂亮吗？多大？80后还是90后？

女友批评众男庸俗，众男反击：不是我们庸俗，是我们关心你女友的命运。倘或一个女人有惊人的才华，而没有惊人的容貌，那就是一场灾难！

话音落地，"祸"从天降，难怪他们见到我鸦雀无声……原来如此！！

我干笑两声，自我解嘲：众卿差矣。有惊人的才华，而没有与之相配的容貌固然遗憾，但总好过既没惊人的才华又没惊人的容貌吧？

"灾难说"们立即雀跃反驳：这就是你们女人的误区啦。一个女人既没有惊人的才华又没有惊人的容貌，在我们男人眼里，就叫平常的女人，平常的女人是最容易幸福的女人。女人太漂亮了，就成了"祸水"，受的诱惑多，恃宠而骄，日久天长难免给自己招来杀身之祸，自古红颜多薄命，所以，美女是"祸水"，才女是"灾难"……

哦！这话儿要搁在几年前听到，我一定"心有戚戚"——是的，多年以来，一直有人不停地在我耳边灌输"灾难说"和"祸水说"，其中包括著名的钱锺书先生，一个苏文纨，不过是拿了个博士学位，就被他那样刻薄！但轮到他自己，包括他那一代的知识分子，有几个不是贪恋"祸水"，痴缠"灾难"的？真平常如朱安女士，嫁给鲁迅先生，也是明媒正娶八抬大轿，也是恪守妇

作为男人最大的悲哀就是收藏了一个不该他收藏的女人,而作为一个女人最大的悲哀则是总指望被一个值得的人收藏。

没有只涨不落的股市，
就如同没有一帆风顺的婚姻。

道勤俭持家，但男人真喜欢她善待她吗？

如果有人肯做统计，平常的女人，不幸的概率应该远高于"祸水"和"灾难"，只不过，因为她们平常，所以没有人在意她们的不幸罢啦。或者说，不把她们的不幸当作不幸，而当作本该如此。就如，一个平常的女人嫁不出去，老死闺房，人们会说她太平常，而一个美女或才女，人们则会评论说她太优秀啦。

丰富与平淡

一行人去黄龙，四千多米的海拔。一下索道，刚走两步，我就决定放弃登顶。同行的人劝我：来都来了，咬咬牙吧。

我很坚决，不。要去你们去，我不受那个罪，再说，山下也有风景啊。

他们去了，也没有登顶。他们说主要是想到晚上还要乘三个多小时的车赶到九寨，怕时间晚了，山路不好走，危险。

我们相互嘲笑。他们嘲笑我，我嘲笑他们。我嘲笑他们，是因为从结果上看，他们和我一样，都没有登顶，还比我多付出了辛苦。他们嘲笑我，则是因为我连尝试都没有尝试，直接就下了山。

我想，如果倒退几年，我应该会和他们一样，总是希望自己多经历一些吧？哪怕最后没有结果，我也愿意。但现在，可能是经历得多了，反而贪图安逸了。山上固然有风景，但山下就没有吗？而且，山下的风景就一定比山上的差吗？为什么非要吃苦受罪呼哧带喘到山顶上去呢？更何况山顶上可能还没有什么风景。

九寨深夜，女友给我打来电话，她说她爱一个很优秀的男人，她为他已经哭了无数次，她问我，怎么才可以不哭？

我对她说：亲爱的，很简单，你放弃他就好了，难道你周围就没有可以好好爱你疼你的男人吗？

她说有，但她没感觉。她心中只有他！

呵呵，这是一个要去山顶的女人。山顶纵使什么都没有，通往山顶的路纵使荆棘密布险象环生，她也要去。哪怕最终无功而返，甚至更惨，跌落山崖摔个半残。

我们得承认，这个世界上，是有高山和峡谷、丘陵和平原的，如果大家都甘于平淡，找一个差不离的，平平淡淡一生，那么人世间就会少很多泪水和苦恼。但问题在于，我们不肯。以前我不理解，会痛骂这种人：你受虐狂吗？放着满天下的好人不去爱，偏要去爱那个比月球还冰冷的家伙？

现在我理解了——人类为什么要登月？花那么多钱，费那么大心血，而且冒那么大风险。月球上有什么？有水吗？有生命吗？月球上连空气都没有！

凡是那些在婚姻和爱情中屡屡遇到不幸、痛苦、坎坷的人，多半都是一门心思要登顶甚至登月的，他们不甘于生活在山脚下，尽管山脚下比山顶上省心，要安逸，但如果要他们一开始就那么省心和安逸，他们会觉得痛苦、压抑、缺乏挑战！

一位移民加拿大的女友对我说，回国之后，最大的感触是国内的婚姻状况，尤其是中年婚姻，不像加拿大那边的夫妻，平平淡淡细水长流。节假日，有家的，一定是和家人在一起。哪里像国内，四十多岁的男人即使不离婚，好像也不肯把心思用在老婆身上，一说就是"审美疲劳"。

她说她想了好久，有点想明白了——西方孩子从中学就开始恋爱，年轻体力好康复能力强，即便是摔倒了落一个疤也没什么大不了。然后到一定岁数，选择婚姻的，多数就是喜欢山脚下平静安逸的那拨男女了，对于这拨人来说，山顶再美他们也懒得抬脚，他们摔过跟头了。如果没有选择婚姻，一般可能就是性格如是，要么是职业冒险家要么是业余登山爱好者，他们宁肯经历一场又一场起伏跌宕的情感生活，也不愿意日复一日重复着平淡。但咱们中国的这批中年人，他们在年轻的时候，先是忙学业，学业之后是事业，到该成家的时候，父母会按照"过来人"的经验告诉他们：找一个踏实过日子的最好，平安是福。结果，等他们人到中年，蓦然回首，发现这辈子快要过去了，竟然还没有去过山顶！人们说山顶缺氧、海拔高、空气稀薄，通往山顶的路崎岖不平，而且，上去了还得下来，并且下来的路，比上去可能还要艰难，但他们没有去过啊，他们听不进去的！！他们非得收拾行囊，奔着山顶就去了，即便最后没有登顶，落一身伤痛。

到底怎样的人生才是幸福？是平淡还是丰富？是山脚还是山顶？也许并不存在一个标准答案，但，我想那些知道自己要什么的人，总是遗憾少一点。比如，我就不会后悔放弃登顶，正如同那些登顶的人，他们不后悔曾经尝试。

隐痛

1996年，唐山大地震二十周年纪念。报社派我去采访。在那个曾经一夜之间死去二十四万余人的地方，我竟然找不到伤痛的痕迹——唐山和当时我所见到的大部分北方城市没什么区别。悲伤、恐惧、劫后余生的大彻大悟……我所期待的一切与地震、灾难、二十四万死难者相关的隐痛，经过二十年，干干净净荡然无存。大地震纪念碑，已经成了附近居民纳凉的场所，到处是笑脸，以及，那种一听就容易想到小品的唐山话。

我所采访的大部分"幸存者"，对我客气周到不失礼貌，但他们不愿过多回忆二十年前那场大灾，如果一定要问诸如"印象最深"这类问题，他们也不会潸然泪下，相反他们会微笑着看着我，眼神里透露出：你打听这个干什么？

直到，有一天，我跟一道采访的通讯员抱怨。

我说：你们唐山人怎么能这么对待灾难？你看他们平静的！

通讯员姓葛，葛昌秋，本地人。他反问：那你觉得我们唐山人应该怎么表现？哭丧个脸，见你就流泪？捡你想听的说？

我说那倒用不着。但至少，得……是吧？经历那么一场灾难，他们之前的人生，之后的人生、命运、反思、感悟，这些总得有吧？那时候我年轻，一口气说了很多。等我说完，葛昌秋沉默。我们谁也不吭声，默默往前走，彼此较着劲儿。现在回想起来，他那时心里肯定巨烦我，一脸的"你以为你是谁"，那表情翻译成现代汉语，大概意思是：记者了不起啊，你想听什么，人家就得跟你说什么呀？！

那是一条很长的街，隔不多远，就能碰到一两个残疾人，坐在轮椅上，藏在角落里，轮椅附近一般都会有"配钥匙""修锁"一类的纸牌儿。为缓和气氛，我信口说了句：你们唐山的残疾人跟我们北京的不一样，北京的，都在地铁口要钱，唐山的，都摆摊配钥匙。

葛昌秋冷冷地甩出一句：你可以去采访他们，问问他们的故事、经历、人生感悟，还有他们为什么宁肯自食其力也不沿街乞讨。他们都是……地震的幸存者。

一刹那，我呆住——那些低着头，默默修锁配钥匙的残疾人！

眼泪夺眶而出。

是的，我竟然没有留意！为什么这个城市有这么多残疾人！！而这些残疾人，没有一个像我在其他城市遇到的那样，他们不乞讨不哀求不跪卧繁华路段企盼路人的施舍。

离开的那天，我特意在所住宾馆附近找了一下，一条很小的马路，两边各有一个配钥匙的小摊，都是残疾人。我在两个小摊各配了一把钥匙。

假如没有地震，他们的生活会是什么样？

千里之外

从得知地震的那一刻起,我给所有我认识的在四川的朋友打了电话,很庆幸,他们都没事,其中最庆幸的是一个女性朋友,她家就在北川,那里两万人只幸存四千,他们一家属于那幸存的那四千名。她舅舅家的孩子,学校倒塌,只有一半孩子生还,其中有她的表妹。

我一直没有想到他,直到那天晚上——我们不算熟,因为中间有一群共同的朋友,所以常见面。他人好,脾气好,会照顾人,所以,尽管离过一次婚,仍然有很多人争着给他介绍女朋友。他也见面,不过,都没下文。有一次,大家喝酒喝得高兴了,问他到底要找什么样的?他说主要是他女儿小,他得等女儿大了再谈自己的事情。我说既然这样,何必离婚?他说主要是他常年在北京,两地分居,久而久之……

我多事儿,接着问他女儿几岁,跟谁,他说十岁,跟她妈,在四川。

我没再问。但心里把他当作那样一种男人——结婚数年,平淡了,于是到北京,制造一个两地分居,像很多那个岁数的男人一样，妻子受得了，那就受着；受不了，就离婚。估计他的妻子也是宁缺毋滥的性格吧？

实际上我是先想到他的孩子，十岁的女孩，在四川，不会有事吧？给他电话，电话占线。反复打，反复占线。大概一个小时以后，他打过来电话，我刚一开口，他就说：你总算想起我来了！我现在就在灾区。

我脱口而出：你女儿没事儿吧？

他说没事儿，他一知道地震就赶回了家，连续几天大雨，晚上都住在外面，下午刚刚还有一次六级余震……

我说：赶紧带女儿到北京来吧。

他沉默。

我想了想，说：我家有地方，你们一家都可以来。

片刻之后，他说谢谢。

第二天早上，收到他的短信：今日是地震上万亡灵阴身中最重要的头七，很多都无亲人为之超度，恳请各位晚上多诵经。或诵"南无阿弥陀佛……"祈愿声声佛号回向亡灵，共助其尽早往生极乐……方便的话请转发，诚挚感谢！！！

将他的短信转发出去，一个认识他的朋友接到后，给我打过电话，开口就是：知道吗？他们要复婚了。

当然知道。如果我是那个女人，无论这个男人之前怎样对我，之后再怎样对我，只要在那一刻，能从千里之外，放下一切，冒着危险飞奔到我身边,与我风餐露宿,共同经历暴雨、余震、寒冷、不眠之夜……

那么,还有什么过不去的呢?

(此文写于2008年5月,白岩松在《焦点访谈》节目里只字不落地全文朗读,曾让无数人唏嘘。——编者)

十年

十年前,假如你有二十万元,你是用它来买房子还是用它来出国留学?那个时候的房子,三千元上下一平米。我相信现在的你,肯定会说当然是买房子啦。二十万元,能交好几套房子的首付呢。

我下面要说的是两个朋友的真实故事。

朋友A,十年前卖掉了家里唯一一套房子,出国留学去了。

朋友B,当年买了朋友A的房子,咬紧牙关过了很多年苦日子。

在这十年间,朋友A读了三个学位换了四份工作去了五个国家谈了六次恋爱,他在哪儿都待不长,到哪儿都是租房子住,每年至少度一次假,去的都是最最时髦的地方。

朋友B则吃窝头就咸菜,十年里只要有钱就买房子,能贷款就贷款,能借钱就借钱,没有请过一次客,没有买过一件衣服,更别提旅游谈恋爱啊什么的,就连朋友聚会他都很少露面,怕花钱。

十年过去了,朋友B有了七套房产,每套房子最少最少也值个百八十万,当年二十万买的朋友A的房子,已经翻出四个跟头还不止。有一次,朋友B见了朋友A,对朋友A说:"留学有什么用？受了不少罪吧？现在就算你年薪几十万，我七套房产年租金也有这个数！"朋友B说得志得意满春风满面。

朋友A听了，笑笑，反问朋友B："如果每年给你几十万，但让你连坐十年监狱，你肯吗？"

于是大家都跟着哈哈大笑。

朋友B觉得朋友A心里已经后悔了，但嘴上强硬，男人嘛，总是不能输在饭局上；朋友A则觉得朋友B完全不可理喻，整个青春年华，既没有爱过，也没有被爱过，就倒腾那几套房子，现在虽说手头宽裕了，但又有什么意思？你十年的时间没有了，而且整个人的视野和圈子都日益狭窄，整天除了租房子就几乎谈不上任何其他的人生乐趣和谋生技能，既没有朋友也没有对手，这样的生命又有什么价值呢？

人这一辈子究竟怎么过才算值，没标准答案。也许对于A来说，要他像B那样过，他就会觉得生不如死浪费生命；但对于B来说，他则觉得A到现在连套房子都没买，这十年是白折腾了。

一定要和赏识你的人合作

我的编剧生涯是从《新结婚时代》开始,我永远要感谢王海鸰老师,不止因为她给了我这个机会,而且还因为她无私地帮助了我——我之前是写小说的,连剧本什么样都没见过,记得第一集剧本写好给王老师,王老师改了很久,等剧本再发回到我信箱里的时候,满篇红字。就是那样,王老师依然说:"你很有天分!你只是不熟悉剧本写作!写剧本不能像写小说,尤其是电视剧,台词必须要有动作性。"那时候,我不知道什么叫"动作性",于是在第二集剧本里,写到主人公吃饭的时候,特别把筷子写掉地上,主人公一边捡筷子一边说话。王老师问我:"为什么要一边捡筷子一边说?"我说:"您不是说台词要有动作性?"王老师哈哈大笑,说台词的动作性不是说要一边干活一边说台词,台词的动作性说的是台词要能够起到推动剧情发展的作用。

我一集一集地写,王老师一集一集地改。她从来都是说哪里好,不好的地方,都会这么跟我说:"我瞎说啊,咱们商量……";整个剧本合作完成,开拍了,王老师才跟我说,她知道编剧特别脆弱敏感,所以非常注意保护我的创作状态,一些制片方、演员方面的负面意见,她都是过滤之后,认为确实有必要修改的,才会跟我说。现在想起来,尤为感动。多少新编剧,原本是有机会写出来的,但因为没有遇对人,写"废"掉也没出来。

我至今保留着宋丹丹送给我的一本书,是她自己写的《幸福深处》,扉页上的话让我很感动,上面写着:"陈彤妹妹:你是最牛的编剧",落款是"你姐 宋丹丹"。那是因为电视剧《马文的战争》,她是女一号。剧本虽是根据一中篇改的,但毕竟是我第一次独立编剧,没有王海鸰老师给我"过滤"了,我需要独自面对剧组和剧本意见,我很忐忑。2008年1月3日开机,1月6日,我去剧组,宋丹丹见到我,送了我书,而且题赠。我不是一般的感动。那时候我是一个很小很小的编剧,第一次独立写戏,所以这种认可和鼓励对我来说尤为重要。

我的经历告诉我,一定要和赏识你的人合作。因为,赏识你的人,可以接受你的毛病,他们愿意给你机会。

《我愿意》是我的第一部电影,是根据我自己的小说改编的。小说出版后,很多人来找我买版权,我只有一个要求,就是希望能让我自己改,他们都犹豫了,一部电影上千万的投资,怎么敢交给一个从来没有写过电影剧本的电视剧编剧呢?后来是电视剧《马文的战争》的制片人董俊,她原本想找我写电视剧,后来我说我特别想把《我愿意》改成电影,而且我想自己改。她说:好,她帮我。后来是她把我的小说推荐给强总看,强总给了我这次机会。而我又非常幸运地碰到孙周导演。我真的要特别感谢孙周导演，因为我写的第一版电影剧本根本不能叫电影，孙导非常耐心地跟我讲不能用电视剧的结构去搭建电影。可以说，《我愿意》的整个剧本构架是孙周导演搭建的。《我愿意》的电影剧本总共有十多稿，其他电影编剧告诉我，一般的导演在你写到三稿的时候就会把你换掉，然后再找一个编剧在你的基础上改，或者把你的全部推翻，重写。而至于最后电影上有没有你的署名，那要看运气。强总和孙导都没有这样做，和很多写无数稿但最后被甩掉的电影编剧相比，我太幸运了。

很多人问我，写小说和写剧本有什么不同。就我个人来说，小说比较单纯，你写完了就完成了，好和坏都是你的水平。读者读小说，读到的就是你的文字。但剧本不同，剧本必须依靠导演和演员的二度创作。换句话说，观众看到的不是你的剧本，而是演员对剧本的演绎。所以，演员和导演喜欢你的剧本，欣赏你的剧本尤其重要，他们如果喜欢，就可以为你的剧本加很多分。这个世界上几乎不存在一种剧本，好到不需要演员，或者无论多差多不敬业的演员，都没关系不影响，这种剧本不存在。我最怕制片人约剧本的时候对我说，我要一个剧本，不管谁演都能火。哪有这样的剧本啊？您好歹也得找个有表演基础的吧？

《你是我爱人》是2012年湖南卫视的开年大戏，领跑七大卫视，是收视冠军。如果这个剧本不是碰到张国立老师，也许会是另一个命运。对于编剧来说，剧本就相当于自己的孩子，一般来说，编剧内心是清楚自己剧本的软肋的，也就是写得比较软的地方，毕竟一部电视剧大大小小总得有十多个人物，上千场戏，难免存在缺陷瑕疵。这个时候，"命"就很重要。一部剧有一部剧的命——如果没"命"，没有碰对人，那么剧本的瑕疵就可能被无限放大，直到最后把整个剧本毁掉；如果有"命"，遇到那些能够欣赏你剧本的导演或演员，那就是福气，瑕不掩瑜。就像《你是我爱人》遇到张国立老师。我记得有一次他给我打电话，我非常紧张，脱口而出，说："是不是剧本改得您不满意？"他说："没有啊，你为什么这么说？"我说："因为如果满意，您就不会给我打电话了。"他说："不是不满意，是我觉得你还可以改得更好……"

任何编剧，听到这句话，都会乐意改剧本——因为是为了让剧本更好。

很多编剧和我一样，我们并不怕改剧本，但是我们非常怕演员导演对自己写的剧本不满意，而又说不出具体怎么修改，或者即便按他们的意见修改了，还是不满意，以至编剧在多次修改之后，形成一种可怕的条件反射，一修改剧本，脑子里就出现那张不满意的脸，这个时候，除非是内心极其强大的编剧，一般人就废掉了。

我从事编剧这一行时间不长，作品也不多，经常会遇到好些跟我大倒苦水的编剧，怎么写对方都不满意，问我应该怎么办？有没有捷径？我唯一能想到的捷径：第一，和赏识你的人合作；第二，如果不确定对方是否赏识你，那么你至少要确定他的人品，他是否厚道。

不合群算多大的缺点

印象中，我学生时代的评语里似乎总有一条："希望以后注意团结同学。"我那时很委屈，我并没有不团结同学，我只是生性羞涩，沉默寡言而已。高中时代，我瘦小，矮，总坐在第一排，我没有傲人的才艺，不会唱歌跳舞拉小提琴，也没有强健的体魄，不能在运动会上遥遥领先为校争光，而我又不是一个喜欢在路边鼓掌的人，相对那些来说，我似乎更喜欢一个人待着——课间的时候，女同学一起丢个沙包啊什么的，我在看课外书，我总是很安静；中午的时候，很多家远的同学不回家吃午饭，就在一起聊啊玩啊打啊追啊，我总是到附近的一个书店，在那里看书。我喜欢看书，一本一本，站着看完；甚至包括习题集，我也是拿着纸和笔在书店里一道一道做。我父亲身体不好，一直住院，开始我并没有意识到有多严重，母亲也没有告诉我，后来父亲一直辗转于北京各大医院，大约有两年的时间，直到他去世，没有回过家。

那时，家里人的焦点都集中于父亲——我是一个省事的孩子，学习成绩虽不是最好的，但也总在前十名，好的时候个别科目也拿过第一，戴着厚厚的大眼镜。有一首曾经很火的校园歌曲

《同桌的你》——"老师们都已想不起,猜不出问题的你,我也是偶然翻相片,才想起同桌的你……"如果,如果,我的同学能想起我,我应该就是那个不容易被老师和同学想起的同学吧?只是,那个时候,我们没有同桌,所有同学的桌子都是拉开的,一排男生,一排女生,中间隔着一个人的距离,所以,老师上课的时候,经常直接走到那个睡着的同学面前而不必用粉笔头丢他。

总之,我是一个寡言的孩子,也没什么特别之处。很少有同学主动和我说话,记得有一次,好不容易有一个同学主动和我说了一句,竟然是:你为什么总穿球鞋?我不记得当时是怎么回答的,可能根本没有回答,但她的表情和眼神真的伤到我了——那时我应该不到17岁吧?应该是最敏感最敏感的年纪吧?我立刻感觉到我和她们的差距,她们下了课,会成群结队叽叽喳喳地逛街听流行歌曲,会悄悄地买牛仔裤和皮鞋,会分享不和父母说的秘密,会抹口红,会相约着买人生的第一双高跟鞋,会议论男生以及被男生议论——但是我父亲病在床上已经两年了,难道我能跟母亲说,夏天来了,我想要一双漂亮的时髦的粉红色凉鞋?

我父亲在我高二那年去世,紧接着,把我从小带大、不曾离开我一天的外婆重病。我经常要去医院——外婆住在协和;学校老师和同学都开始备战高考,没有人注意我,我迟到或早退,老师从来不批评,班干部文艺委员体育委员他们依然风头强劲,担负着校园明星的角色,有同学早恋,大家悄悄议论,我都不知道,等我知道的时候，一定是老师开班会。然后有一天，忽然有一个男生，问我要考什么大学，填什么志愿——他说我们可以填一样的。从那天起，我们亲近起来，他把他的笔记借给我，我丢下的课，他会帮我补上，我们住得不远，经常一起上学一起下学，直到高三那年的寒假，我外婆去世——所有的同学都在学校补课，而我外婆去世了。我对他说，我不想上大学了，他对我说，你要上，你和我一起上。上大学的费用，我给你。

我的世界从那天起有了色彩——我不知道这是不是早恋，他没有表白，我也没有，我们照旧一起上学，一起下学，我丢的课太多，不会做的题太多，他学习很好，帮我辅导，我们成天在一起，但老师视而不见。很多年后，当年的老师知道我们没有在一起，万分遗憾。我对老师说，我们在一起只是学习。老师推了推眼镜，什么都没有说。

现在回想起来，我们在一起除了学习，还会说很多很多的话，但他是一个生性乐观的男生，用现在的话说，阳光大男孩，他永远不懂我为什么忽然就哀伤了。

然后我们上了大学，不在同一个学校，依然很亲近，依然每个周末一起回家，直到有一天我对他说，有一个男生追我向我告白我在犹豫要不要答应，他当时依然像我的大哥哥一样，说：你要是喜欢他就答应他啊。

于是我答应了。那时候我只有17岁。还不懂爱情，也不懂男生——很多年后，高中时代的同学在微博上找到我，怯怯地问我：你高中是在某某学校上的吗？我说是。她立刻问我还记得她吗？我真的不记得了。她提示我，各种提示，最后我想起来了——真的想起来了，我很惊讶她居然能记得我，她说其实大家都记得你呢，只是那个时候，你不太爱理同学！

感谢我的同学，他们接受了一个和他们不太一样的同学，于是，我拥有了一个忧伤而又文艺的高中时代。

曾经有一份好日子摆在我面前

我的一个女朋友和男朋友分手了,分手的原因很可笑——因为世界杯。男的是球迷,女的不是,男的跟女的说:世界杯四年才一次,你就不能让我跟哥们儿泡在外面看球?女的跟男的说:我的25岁一生才一次,世界杯这次过去了还有下一次,青春可是一去不复返的。

现在世界杯结束了,女的后悔了,男的也有点后悔,他们都觉得:"曾经有一份好日子摆在我面前,可是我却没有去珍惜,等到失去了,才追悔莫及,假如老天能再给我一次机会……"其实,老天就是再给他们一千次机会,只要他们不改变自己,我觉得他们还会有下一回,早晚的事儿。因为我太了解这对活宝了,他们是那种放着好好的生活过不下去的人。

我见过很多人,和我的这对欢喜冤家一样,都属于合格的"小时工",要他们收拾房间,动作迅速手脚利索;但是要让他们把整理好的房间保持在一个水平上,那除非是不让他们住。我这个比喻中的"房间"就相当于"好日子",许多夫妻或者恋人能过很苦的日子,但是却很难适应很好的日子——一穷二白一无所有的时候乐观积极，而在有了一定的经济基础以后，反而容易节外生枝。男的酗酒，与发妻离婚；女的红杏出墙，性格变得多疑自负。然后好日子毁于一旦。

我记得曾经劝解过一对准备反目为仇的夫妻，我跟他们说：过去那么难的日子都熬过来了，现在放着好好的日子为什么不尽情享乐呢？

他们跟我说：没有那个命！

我后来想不是没有那个命，而是他们缺乏过好日子的能力和品德。从无到有，是一个胼手胝足的过程，一个人只要有一种不服输的精神就能做到；但是从有到有，是一个维持的过程，在这个过程中需要的是智慧和从容。我认为许多拥有了好日子而生生毁掉自己生活的人，是因为他们缺乏一种从容淡定的气度。他们适合生活在逆水撑舟的状态，那种状态能焕发出他们的斗志和精神，但是他们无法生活在一种云淡风轻日日好时光的状态。因为在这种时候，新的烦恼会出现，而解决这些烦恼所需要的生活技巧不是逆水行舟时所需要的力量和胆识，而是一个人的内在品质和幽默的能力。

好日子有的时候比坏日子更需要忍耐。

过着好日子的人，不能指望自己的生活日新月异，一天一个花样，好上加好，锦上添花，这种贪心和急躁除了使期待落空以外，没有什么好处。

没事儿的时候想想小时候读过的童话故事——《渔夫和他的妻子》。那个渔夫和他的妻子住在海边的破船里,渔夫每天钓鱼,有一天他钓到一条很大的比目鱼,比目鱼对渔夫说自己是一个被施了魔法的王子,于是渔夫就将他放了。但是渔夫的妻子认为渔夫应该向这个比目鱼王子要一间草棚子,因为她不愿意住在破船里了,这样他们有了草棚子。过了一个星期,妻子认为草棚子太小,她想要宫殿,这次比目鱼王子也满足了她,可是只睡了一个晚上,这个妻子又想当国王了,当然她如愿以偿,几个小时以后,她幻想着能当基督教王国里的教皇,也算是梦想成真了。可是这次只过了一个小时,她就改变主意希望能做上帝。于是她失去一切,回到故事开始的那条破渔船上,靠老公出海打鱼为生。

我不是认为渔夫的妻子不应该有更高的生活要求,我觉得在这个故事中,这个女人最后实际上已经失去了过好日子所必须具备的品质——忍受安逸的生活,并且在这种日积月累中充实自己,使自己完全掌握生活并按照自己所要的节奏推进生活。她在草棚里住了一个星期而感到厌倦,要求调换成宫殿,我觉得已经是"女人善变"了,但是她只做了一个小时的教皇就要求去做上帝,我认为这属于典型的"作死"。很多踏上"好日子"幸福之路的人就像这个渔夫的妻子一样,他们不愿意花时间适应"好日子",而一味想着好了还要更好,结果呢?白白糟践了好日子。

就像我的那对在世界杯开赛时分手的男女一样,他们有车有房子、有体面的工作和令人羡慕的生活，然后他们为那么小的一件事情分手，简直是"草菅"幸福生活。其实，我知道他们的问题在哪里，他们就是不能忍受好日子带来的踏实平稳，他们就喜欢折腾。让他们折腾去吧，这样也好，要不，怎么叫生活呢！

前卫艺术家的书房

我的一个朋友请了一个前卫艺术家给自己做装修设计，起初前卫艺术家不答应，他的理由是我的朋友家面积太小，不够他"前卫"的，后来总算答应了。

交活的那天，我的朋友从德国回来，一下飞机直奔新居，进门不久就愣住了——前卫艺术家把他的新居设计为"天堂部分"和"地狱部分"。"天堂部分"有厨房、饭厅、卫生间以及卧室，"地狱部分"有客卧、酒吧、书房或者说工作室，而房子正中间的大客厅被分为一半天堂一半地狱，明式硬木圈椅摆在"天堂"一侧，抬头一看，吊顶上朵朵祥云；电视摆在"地狱"一侧，天花板上白骨皑皑；最绝的是地面，"天堂"的地面是波斯地毯，"地狱"的地面是实木地板。中间是一扇可以折叠的屏风墙，"天堂"的一面装饰着安格尔的油画，"地狱"的一面则是毕加索的西班牙内战。客厅的玄关也被设计为一半是常青藤，而另一半是一个牛头马面的小鬼。所有"天堂"的门口，比如厨房、饭厅都装饰着长着翅膀的天使，而所有"地狱"的门口都挂着锈迹斑斑的铁索。

我的朋友一看就疯了,他跟那个前卫艺术家说:"你知道不知道我是要住在这里的?!"

前卫艺术家说:"没做亏心事不怕鬼叫门。你不觉得住在这里很特别吗?再说我已经考虑到你的居住需要了,比如我把卫生间厨房卧室以及您吃饭的地方都给设计为人间天堂了,只留了很少的空间设计为地狱,你怎么能说我没有考虑你的居住?我拿到你的房子,想了很久才想出这套设计方案,我认为大多数的人都活在天堂和地狱之间,而且每个人都要考虑自己死后到底是去天堂还是去地狱,其实地狱可怕吗?天堂就那么好吗?如果你每天待在天堂里,你会厌烦的,不信你就试试。"

试试的结果据说是这样的:起初我的朋友喜欢在"天堂"范围里活动,后来他就喜欢绕到"地狱"那边看看书看看恐怖片听听重金属的音乐,他所请的朋友,比如像我这样的人,总是在他的"天堂部分"待的时间短,而"地狱部分"待的时间长。因为我们在"地狱"里可以喝酒,可以打麻将,甚至可以玩一种名字叫"杀人"的游戏,但是我们在"天堂"里能做什么呢?我们可以在"天堂厨房"做饭,问题是我们都讨厌做饭,我们还可以在天堂饭厅里吃饭,但是天堂饭厅的椅子全被设计为"秋千架",这使我们坐久了很累,我必须说明一下,"天堂"的所有家具,基本上全是笨重的红木家具,就是那种看上去富丽堂皇使用起来极需要耐心的那种明清样式。这种家具中最令人发指的是椅子,坐时间长了，骨头疼。而"地狱"的核心部分是书房，以铁艺为主，完全是黑色的。音箱是黑色的，书桌是黑色的，笔记本电脑是全金属浅黑外壳，连椅子也是用生铁弯制而成的。书柜的样子古怪，外观像极了一面峭壁，书柜的窗子像镶嵌在峭壁上的鬼火，其实是安装在书柜内部的小射灯制造出来的效果。如果把所有的灯都熄灭，那么书柜就像隐藏到黑夜里的一只乌鸦一样，看不见了。在整个书房里，特别有新意的是，那个前卫艺术家居然完全用不同质地的深色瓷砖装饰了一整面墙，从天到地，斑驳陆离，使房间里的人从不同位置不同角度不同时间看过去的时候，全有不同的效果。前卫艺术家对这面墙的设计颇为得意，他说："我们一般把踏踏实实地读书叫做书山有路勤为径，所以我就把书柜设计为悬崖陡壁，把飞黄腾达前的寂寞比喻为面壁十年图破壁，所以我就把书房的墙壁装饰成这么一个样子，因为只有这样的墙壁才会让人常看常新，并且不断地有破壁的冲动。"据说，被用做书房的房间本来的位置不好，只有一扇窗户，现在这扇窗户被一整块钢板堵上，钢板上打着一些不规则的圆孔，这使得阳光只能被肢解以后才可以进到这个房间里来。开始我认为坐在这样的地方读书或者工作会倍感压抑，但事实上是效率奇高。

我的朋友在房子被前卫艺术家装修好之后，获得了两条人生经验：第一条，绝不要花钱请前卫艺术家给你装修房子，除非是前卫艺术家自掏腰包自告奋勇，这个时候你可以考虑；第二条，如果你住过前卫艺术家给你设计的房子,无论将来是去天堂还是去地狱,对你都没有关系了,因为你已经提前习惯了。

我们听了他的经验,都说,值啊!这钱花得值!

有些美景注定不属于你

去香格里拉，到的第一晚，同行就有一位美女昏倒，高原反应。跟她比，我算轻的，只是头痛欲碎。第二天，一大早起来，漫天飞雪。按日程安排，乘车去普达措国家公园，路上，导游给了头天昏倒的美女两百元，说：我给你钱，你就不要下车了好吧？

美女犹豫，大老远跑到香格里拉，却只能待在车里！换谁都不愿意不甘心。

导游严肃地说：我不是吓唬你，我已经从普达措背出去好几个了。还有人因为高原反应丢了命。我宁肯掏钱给你，让你留在车里，也不愿意你冒那样的危险！

不等美女说话，我们一车的人都站在导游一边，美女苦苦哀求："我试一下好不？"

导游摇头：昨天幸亏是在酒店。如果是在普达措，急救车都进不去，怎么把你送出来？

美女被留在车上，我们下了车。事实上，我只去了蜀都湖，其他的也没有去。我和那位美女的区别是，她留在车上，从车窗望出去，是停车场；而我是在普达措国家公园里面，我可以远远地看到那一片美丽的湖和周围环绕的松林。同行的朋友回来，对我说，我应该坚持，一路上有数不清的美景，而且还有非常非常可爱的松鼠。

我原谅了自己——有些美景注定不属于你。

多年前，我带过实习生，那时有一个女孩对我说，她不想那么早结婚那么早生孩子，我问她理由，她说因为她不想重复母亲的生活，一辈子就是洗衣做饭围着老公孩子转。那么，她想过什么样的生活呢？她说她希望能像台湾偶像剧《流星花园》中的杉菜，有一个道明寺那样的完美帅哥爱她。或者，像歌坛天后王菲，愿意唱歌，就唱唱，不愿意唱歌，就在家带孩子；无论是失恋还是离婚，后面永远有痴情的男人排队守候。我想了半天，不知道应该怎么说。因为我不愿意毁掉一个二十五岁女孩子的梦想，我不愿意粗暴地对她说：你照照镜子！一个女人二十五岁是她最美丽的年纪，如果你在二十五岁之前，还没有人举着水晶鞋满世界找你试，你就不要再希望自己是杉菜！你就应该考虑自食其力以及嫁一个爱你却一无所有的男人，你们同甘共苦比翼齐飞。如果你的梦想是歌坛天后，那就更没必要排斥结婚和生娃。人家王菲也不是不生娃不结婚才成的歌坛天后，人家还不止生了一个娃不止结了一次婚。那些终将与众不同的人生，岂是结婚离婚失恋绯闻能毁掉的？

我很后悔当时没有对她说实话，就像那个导游对昏倒的美女说的那样：你不要去了！有些美景注定不属于你！

是的,我应该告诉她:杉菜的爱情,歌坛天后的人生,以及种种的传奇,就相当于高海拔的"香格里拉",不是谁随随便便就能拥有的。您没体力,有强烈的高原反应,那美丽的地方就不属于您——您该结婚就结婚吧,如果您是金子,不会因为您嫁了一个爱您的男人,就埋没掉的;如果您是沙子,反倒要趁早结婚,即使您就是一粒沙子,但是在爱您的男人眼里,您就是他的世界。青春只有一次,在他只有一次的青春里,是你;在你只有一次的青春里,是他;无论岁月如何变迁,这一点无法更改。这就叫爱情,即便沧海桑田,即便当爱已成往事,但毕竟你们曾经深爱过,你们没有辜负青春——如果把爱比喻为上天的礼物,咱寻常人本来已经无缘"香格里拉",为什么还要拒绝这么一份厚礼?你以为你拒绝了,就能离香格里拉近点?呵呵,如果您恰巧是"低海拔"体质,您追求"高海拔"的人生,您可是要做好丢掉性命的准备哦。

您该结婚就结婚吧,如果您是金子,不会因为您嫁了一个爱您的男人,就埋没掉的;如果您是沙子,反倒要趁早结婚,即使您就是一粒沙子,但是在爱您的男人眼里,您就是他的世界。

没有只涨不落的股市，
就如同没有一帆风顺的婚姻。

一颗拼女心

"如果我有钱,我就不工作了。"

"如果我嫁给有钱人,我就再也不上班了。"

许多女人都会这样说,好像工作、上班是一件不得已的事情——其实不是这样的,你只需再问她,那么有多少钱算有钱?她绝对不会给你一个普普通通的数字,按照每月5000元计,一年是6万,那么算能活100年,一个人的一生600万也就可以了——但是我听到的数字一般都在1000万以上。如果要赚到这个数字,对于没有家业可以继承的女人来说,总要肯打拼吧?而真的打拼到这个目标实现,那个女人的胃口就不是1000万那么简单——女人工作不仅仅是为了挣钱,她还有其他的目的。

我一个女友,最初我们结伴住在一间很小很小的房子,每个月收入2000多元时,她常常挂在嘴边的话是"如果我能挣够十万,我就不上班了";当然很快她就挣够这个数字了,但是她继续上班,继续工作,再问她,她说十万连房子的首付都不够,怎么可以,至少要100万,后来她也有了100万——因为一个男人,于是大家庆贺,以为她实现了理想——从此可以再不工作,哪里想到没有多久，就又看到她奔忙的身影，问她，她说：不做事你让我做什么？一天到晚在家闲着，人会疯掉。

我们笑她"劳碌命"。

她说只有当你失去一样东西时，你才知道它的珍贵——她说当她不需要为钱工作的时候，她就辞去了工作，但是当她辞去了工作，她才意识到自己是多么需要工作。

说她什么？只好说她贱。

其实不止她一个人"贱"，大部分女人都是——女人对工作就像她们对情人，永远是爱恨交织缠扯不清。除非是从来没有工作过的女人，或者是从来没有从工作中获得快乐的女人，大部分女人只要能在一份工作中得到一丝丝自己想要的东西，哪怕要她付出很高的代价，她也不会轻易放弃——比如一个女人，从事一份非常有前途的职业，因为这份职业的缘故，她有机会接触各个城市的名流，但是代价是她一年四季有三个半季节在出差，大部分公休日在加班，没有时间谈男朋友，她常常说她不喜欢这样，但是要她放弃，她是不肯的——这份工作就像毒品一样，她已经上瘾，如果戒除，她更痛苦。

悔恨

第一次出国,朋友告诫我,无论看到什么东西,只要你觉得好、喜欢,恰好又在你的支付范围以内,你一定不要犹豫,一分钟也不要犹豫,否则你会后悔的。我不信。

那是很多年前的事情了,那时的我只是一个刚刚从业不久的新鲜人,由于工作关系被邀请到意大利,前后不过一周的时间。日程安排得很满,只在离开之前才有半天工夫逛街——就在这半天,我邂逅了一款白色手袋,是那种单纯得让人不忍下手的白色,半圆形,皮质,拎上,与我的大衣很般配——顺便说一句,我的大衣,是母亲赠我的工作礼物,当时她常驻日本,工作繁忙日理万机,一年也不见得回国一趟。据说我的那件大衣,是她在万千之中,根本没看第二眼,就买下的。羊绒质地、短款、浅色,穿在身上,凭空就多了几分妩媚。母亲说,日本年轻女孩都穿这样的大衣上班。我说哦,但是她们配什么包呢?

现在我终于知道了,她们就是要配我手里拎的那种白色包包——半圆形、皮质、柔软乖巧……

可是,不是钱的问题,我却与它失之交臂?是什么原因呢?

同行的一个朋友对我说:"哎呀,你不要这么冲动,我们才刚开始,后面还有很多店呢,反正包包在这里又不会长翅膀飞掉,一会儿再回来就是了,总要货比三家……"

货比三家的结果,是我终于累得走不动路,但再也找不到更般配的包包。于是折返回去,但是由于路况不熟,终于找到时,那扇门已经挂上了CLOSED。我不了解,欧洲许多商店周末是提前关门的。

我只有绝望地透过橱窗……

第二天一早我坐上返程飞机——很重的行李,塞满了在机场免税店买的巧克力、糖果,糖果、巧克力,甚至还有整条的香烟,以及整瓶的酒,哦,其中最贵重的大概是一款深色质地的羊绒披肩,送给母亲的——我没有给自己买什么东西,因为没有心情。

后来,每次再穿那件大衣的时候,总觉得手里的包包有问题——索性不穿了,直到有一天,发现自己的年龄已经再也不适合那件大衣……

而那一天,竟然在春天百货看到无数款那种白色的单纯得让人不忍下手的包包,一个美丽的年轻女子,像我当年那样在镜子前面试着,而我知道,我已经错过了……

万水千山寻遍,终于再遇上又怎样?岁月蹉跎,你已经辜负了它。这一次,即使你肯,它也未必合适于你……

To be or not to be,选择还是放弃——大到人生的十字路口,小到一款异国小店偶然邂逅的手袋,你总是会遇到同样的问题,这个时候你会问自己,我该怎么做,才不会后悔?于是,你因为害怕后悔,所以不敢选择;不敢当机立断;你比那个著名的哈姆雷特还要哈姆雷特,你犹豫不决,优柔寡断,直至错过……直至……后来,"终于在泪水中明白,有些人错过就不会再回来……"

记得在一次嘉年华会上,有一个游戏活动,每一个人都可以申请参加,但是参加的人必须当众回答五个问题,如果全部答对,就可以得到一次双人欧洲之旅的机会。如果答错,那么不好意思,请表演一个节目,然后自觉下台,游戏继续进行。准备出题的人是一加拿大公司总裁,游戏主持人在宣布游戏规则数遍之后,仍然没有人肯举手申请。总裁先生望着我们,耸耸肩,他感到很奇怪:"You will lose nothing, why……"是呀,我们能失去什么呢?如果我们举手,最多就是回答不上那五个该死的问题,能怎么样呢?再当众表演一个节目?被人捉弄?除此之外,我们还会有什么别的损失吗?但是如果成功了,我们可以得到的就是一次免费的欧洲之行。我犹豫着,犹豫着,直到有人上台——所有的五个问题,我全答对了,但是我在台下,而他,他这个笨蛋只对了四个,所以他滑稽可笑地学了几声狗叫下台了。还有谁?还有谁?和我同去的一个男伴提醒我,你可以试试,刚才那些题目你不是都会吗?我说可是下面是新的题目啊,我就不一定了……这次很快就有人登台献丑了,五个问题,他也只对了四个,而我再次全对了，但是我还是在台下……

　　机会就是这样错失的——游戏结束，加拿大公司总裁对我们说："相信你们之中一定有很多人现在心里非常后悔，因为你们本来是有机会获奖的，你们本来是可以在欧洲度过你们的夏季，完全免费，和最心爱的人，住最奢侈的酒店，但是现在你们错过了。我不确切地知道，你们之中究竟哪些人属于这些后悔者，但是我知道刚才的两位先生一定不后悔，他们虽然失去了大奖，但是他们没有失去机会，他们试过了，所以现在他们的心里很平静，没有什么可以后悔的……他们是勇敢者，因此是无悔者，通过这个游戏，我想你们每个人都已经懂了一个道理，这个世界上没有完全无悔的人生，但是成功的人，是那些善于减少自己后悔机会的人……"

　　善于减少自己后悔的机会！

　　天哪，为什么我没有早一点知道这个游戏？如果我能早一些懂得这个道理，我还会在意大利与那个纯色的手袋失之交臂吗？我还会在一个转工机会出现的时候犹豫再三吗？我还会明明在内心深处爱着一个人但是却永远闪烁其词吗？我能失去什么呢？如果我当初选择了那个手袋，我所失去的不过是那些愚蠢的吃了让人发胖的巧克力！当然也许你会说，你之所以对那个手袋耿耿于怀，是因为你失去了它，但是如果你得到了它，也许就是另外一回事了，你不见得有多么喜爱它，也许在拎过两次之后，它就和你的那件短款大衣一起被扔在衣柜里，一年两年，你也不见得会用它一次；而且早晚有一天，你会认为这个包包对你不合适，因为你转变了趣味，你喜欢波西米亚，你喜欢文艺范儿，你不再喜欢这种柔软乖巧的小姑娘风格……

全对——但是有一点点小错，你得到之后再放弃，和你从来没有得到过相比，两者的后悔程度是不能相提并论的。就像嘉年华会上，那两个上台抢答问题的男孩，他们的后悔程度远远没有我的强烈——虽然他们错了，而我对了。对了又怎样？我没有在台上，我失去了机会。

看过一篇关于关之琳的访谈，问她有过那么多情感经历，是不是有些后悔。她的回答充满智慧："如果不去经历，岂不是更后悔？"

年幼的时候不懂得这个道理，大人们又总在耳畔谆谆教诲："一失足成千古恨。"于是害怕犯错，害怕失足，害怕一时冲动而使自己万劫不复——而实际上，谁的千古恨是一失足造成的？你不去选择，怎么知道什么是适合你的呢？你不去尝试，怎么知道生活的滋味是什么？所以，不如放纵自己的感觉一次，便是后悔了又怎样，总比没有做而后悔要好吧？

我一个朋友，好好地工作，好好地上班，一切按部就班，薪水不比一般人的多，也不比一般人的少，老板待她，虽然不是"我心中你最重"，但也说得过去，该提职的时候也提职了，该发红包的时候也发红包了。但是,就一顿饭的时间,竟然被说服转工——我们喊,你疯了?辞职和买楼一样,都是不能冲动的。而且还不一样,买楼买到冲动,后悔了还可以再卖出去,但是转工就不一样了。转过去万一不适合你,就没有回头路了。

朋友说就没有想过回头路。不幸被我们言中,这边辞掉,那边又没有兑现最初的允诺,只得再辞。我们不忍批评她冒失,她自己倒是坦坦然:"我有什么损失吗?不过是丢掉两份自己不喜欢的工作,而且是接连丢掉,这么高的效率,应该高兴才是。"

"但是,你的生活品质……"朋友回复:"放心,不会和你们借钱。人为什么要赚钱?不就是为了能随心所欲?如果有了积蓄,还要看人家脸色,尤其是看自己讨厌的人的脸色,岂不是白白辜负了自己往日的艰辛?财富如果不能带来自由,要财富又有什么用?"

她大大方方地去读书,说以前没有时间充电,现在有了——然后她对我们说,如果辞掉一份工,就永远找不到工作,那只能说明自己太无能,太笨,大不了找一圈再重头做起,又有什么?如果是做自己不喜欢的事情,在哪里做不是做?

于是明白,一个人如果有了本钱,就不要对自己太苛刻——否则就会像生命中的葛朗台,尽管家财万贯,但是却连灯芯也只肯用一根,而且必须是非常细非常细的那种。何必要让自己活在欲望的黑暗中呢?人的生命只有一次,如果你的一生,谨小慎微到没有做错任何一件事，也许到你生命结束时，你会悔恨万分——你会后悔，不是后悔自己做错了什么，而是后悔根本没有给自己任何可能的后悔机会——爱一个自己想爱的人，做一件自己想做的事，买一款自己想买的手袋，即使错了，又能错到哪里去？而你竟然理智到不给冲动一点机会，你怎么会对自己这样残忍？就让自己冲动一次，又能失去什么呢？也许你失去的不过是一个苹果，而你有可能得到的却是整个果园。

人家屋檐下

人家屋檐下,是低头还是不低头?前两天几个朋友吃饭,安慰一个"人家屋檐下,不得不低头"的老同学,其中一个春风得意的朋友对我那老同学拍胸脯许诺:"你要是真不痛快,就到我们公司来。"我那老同学苦笑着说:"那我不是从一个屋檐换到了另一个屋檐?将来不是要跟你低头了?"

我当时挺想劝我那老同学一句:"你心里要是总藏着'低头'这两个字,等你抬起头来,那得有多少人低头呀?"

我那老同学的志向我是知道的,他和中国古代一些文人雅士一样,特别渴望有个刘备那样的名主来三顾茅庐,或者伯乐那样一个高人把自己从一堆平庸之辈中拣出来,从此有单独的"马厩"并且还能一顿"尽粟一石",而不至于"辱于奴隶人之手,骈死于槽枥之间"。

老同学在喝多了以后给我们讲了一个故事,说是战国时候,齐国有一个高士,齐宣王慕他之名,召他进宫。这位高士走到殿前的台阶处,就停下来。齐宣王于是喊他过来,没有想到这位高士不但站着不动,还喊齐宣王过去。周围的人赶紧劝他:大王是君主,你是臣民，大王可以叫你过来，你也叫大王过来，怎么行呢？

这名高士说：我如果走到大王面前去，说明我羡慕他的权势，如果大王走过来，说明他礼贤下士。与其让我羡慕大王的权势，还不如让大王礼贤下士的好。

齐宣王听了高士的一席话，立刻表示："我希望做您的学生，今后您就住在我这里，我保证您顿顿吃肉，出门有车，您夫人和子女各个衣着华丽。"

但是这名高士却根本不领情，他说玉产于山中，如果一经匠人加工就会被破坏，虽然依然宝贵，但毕竟失去了原来的样子。因此他为了使自己不遭受破坏，所以不愿意高贵显达。结果就是这名高士安步当车回家去了，人家就是愿意待在自己家的屋檐下，就像玉愿意被埋没在深山里一样，人家什么样的屋檐都看不起，哪怕是齐宣王的屋檐。

我问我那老同学，如果齐宣王给了他那样的许诺，他是否会考虑？我的同学说当然了，可咱上哪找这么个齐宣王去呢？

我懒得告诉他齐宣王是什么时代，也懒得跟他说在那个时代一个人读点书多不容易，纸还没有发明出来呢，四海之内有多少文盲？哪像现在，MBA都那么多！所以古代文人轻狂就轻狂了，再说人家那名高士也没有抱怨齐宣王不尊重人才，因为说到底是他更不尊重齐宣王一些。

我觉得吧，如果一个人喜欢采菊东篱下，悠然见南山，那就不如跟陶渊明似的索性辞了官回家"荷把锄头在肩上",不要在工作岗位上"散淡",明明是没有进取心,还偏说自己没有野心;要是特别渴望建功立业就不如把自己的学问知识才干都发挥出来,什么叫合作精神?什么叫团队精神,说的不就是互相尊重取长补短吗,如果你乐意接受齐宣王的领导,那么就应该互相尊重,他是你的上级你是他的下级,这有什么争议吗?除非有一天你通过努力成了他的上级,他成了你的下级,这也不是不可能的事情,何必在一开始就较真谁应该走到谁面前,谁应该先问候谁呢。

我觉得在工作中或者生活中,总是有各种各样的"屋檐",我们不可能要求所有的屋檐都依着我们的尺寸来构建。比较切实的方法就是——"愿意"在这个屋檐下,那就好好干。大家在一起做事,什么叫低头什么叫不低头?在人家屋檐下,就要想办法把人家的屋子收拾好,这叫受人之托忠人之事,用现代管理理念来解释叫"企业忠诚度"。"不愿意"就索性不干,像战国时的那名高士。我特别不喜欢那种既在人家屋檐下,又偏要自己盖个小厨房的人,人家不让他盖,他还觉得自己挺委屈。你要喜欢盖小厨房,你自己找块地儿盖,为什么偏要在人家屋檐下呢?

什么生活值得我们去过？

一天，一个在美容院推销产品的女人遇到了一个衣着华丽的夫人，女人称赞夫人的衣服漂亮并询问衣服购自何处。夫人眼皮也不抬，冷冷地说："告诉你又有什么用？难道你穿得起这样的衣服吗？"

推销产品的女人满脸通红。

数年以后，当年这名推销美容品的女人，她的名字成了时尚的代名词——没有人再敢问她能穿得起什么样的衣服——1998年，她作为唯一女性入选《时代》杂志的20名20世纪最具影响力的"商业天才"；2003年，她的公司名列美国500强第349位，当年收益47.44亿美元。在她身前，她的房产分布于纽约曼哈顿最繁华的街区、棕榈滩的海边、伦敦的富人区和法国南部别墅带；在她死后，她的庞大遗产让世人瞩目。

你也许知道我说的是雅诗兰黛的创始人——在她被誉为"化妆品女皇"之后，她成为完美女人的代表——人们谈论她时，永远会慷慨地使用"优雅"、"精致"、"聪慧"、"时尚"、"高贵"这些褒义词，人们似乎忘记了她卑微的出生——她出生于纽约贫民区一普通工人家庭，终身对自己的年龄讳莫如深。

也许你会问我，雅诗兰黛和我有什么关系？我已经听过太多的女人抱怨自己的生活——她们总以为时尚是属于尊贵的太太或者拥有大把青春的女孩子的，她们总会以各种理由把自己关在时尚的门外——你不要这样做。

也许你没有含着金汤匙出生、也许你不富有也不再年少，但这些都不重要——可可·夏奈尔在孤儿院长大、Lavin出生在巴黎郊区，她的父母有11个孩子，而雅诗兰黛夫人，四十岁之前一直在美容院推销护肤品——她把自家产品带到美容院、给那些闲坐着等头发吹干的女人们做免费演示；偶尔她还会在曼哈顿第五大道上，拦住过路的女性，请她们试用自己的产品。其间难免遇到一些傲慢的女人，但是那又怎么样呢？世界上到处都是自以为是的女人，但是真正能让人铭记在心的并不多——而雅诗兰黛、可可·夏奈尔、Lavin全都做到了——她们不止建立了庞大的财富帝国，并让自己的名字成为时尚符号，长盛不衰。

也许你会说，她们都是传奇女子，但我们不过是平凡的人，那些传奇怎么可能与我们有关？不要这样说，因为你并不知道命运对你的安排——就像林志玲，谁会想得到一个在三十高龄还籍籍无名的模特，会陡然走红，身家呈几何级跳升，行"秀"价一年内升码十倍？想想她刚刚出名的时候，台湾第一美女萧蔷用什么口气谈论她——"林志玲是谁？有可能是活动时，站在身后那一大群模特儿里的一位，怎么记得住呢？"话音未落，自己就成了"前任"，而接任者正是三十岁的林志玲。

所以，女人任何时候都不要放弃希望——你不要说，我老了，无所谓了，你要知道当你这样说的时候，你就真的老了；你也不要说如果有一天我有很多很多钱，我再去热爱生活。如果你真这样想，也许你永远都不会挨到那一天。

雅诗兰黛女士曾说"世上没有丑女人，只有不关心自己或者不相信自己有魅力的女人"，可可·夏奈尔曾说"时尚的反面并不是贫穷而是平庸"，而我想和你说——任何时代都有生来富有的人，她们看起来总是比其他女人更幸运，你不是她们中的一员，这并不是你的错，但是假如你就此自暴自弃，或者认为自己和时尚彻底绝缘，那么你就是一个不关心自己的女人，一个甘于平庸的女人——既然这样，就请不要抱怨自己没有未来，因为断送你未来的人正是你自己。我们希望你知道，美丽是一种态度，时尚的核心是热爱生活——这个世界上没有一种生活是不值得人去过的，关键是很多人没有耐心等到"值得"的那一天。

图书在版编目（CIP）数据

如果你爱上了藏獒，就不能指望他像鸡一样给你下蛋 / 陈彤著．
— 桂林：广西师范大学出版社，2014.8
ISBN 978-7-5495-4224-6

Ⅰ.①如… Ⅱ.①陈… Ⅲ.①随笔－作品集－中国－当代
Ⅳ.①I267.1

中国版本图书馆 CIP 数据核字 (2013) 第 184013 号

广西师范大学出版社出版发行
桂林市中华路22号　邮政编码：541001
网址：www.bbtpress.com

出　版　人：何林夏
全国新华书店经销
发行热线：010-64284815
中煤涿州制图印刷厂北京分厂

开本：880mm×1230mm　1/32
印张：9　字数：120千字　图片：10
2014年8月第1版　2014年8月第1次印刷
定价：35.00元

如发现印装质量问题，影响阅读，请与印刷厂联系调换。
印厂电话：0539-2925888